五南圖書出版公司 印行

文學裡的人生管理

陳碧月 著

自序

教書近三十年來，看到學生隨著AI時代的進步、社會的快速變遷，似乎越來越不快樂，臉上該有的純真笑容漸漸消逝；待人接物的禮貌與熱情逐漸淡漠。尤其歷經二〇二〇年來的全球疫情，更是改變了人們的生活與價值觀。英國《衛報》（The Guardian）在二〇二三年初刊登系列報導——「新冠世代」（The Covid generation），內容敘述英國的年輕人至今仍持續受到新冠疫情帶來的「災難性後果」——缺乏信心、身心狀況欠佳、學習動能下降、普遍的教育中斷、對生活成本產生危機、對未來職涯感到迷惘。

雖然Cosmo研究調查是針對兩千零二十五名十六至二十五歲英國年輕人，但其實全球的年輕人也都被疫情整得天翻地覆、人心惶惶，受到程度不一的衝擊，很多人的生涯規劃被迫改變方向，再加上人際關係疏離，心靈空前的空虛，陷入生活的壓力與自我迷失的困境中。

每個人在不同的人生階段皆有各自的焦慮，都不可能消除，但其實人生是可以被自己好好「管理」的。眾所周知，人生唯一不變的就是一直在變，我們要如何在未來持續變動的生活中，找到身心安頓的力量，發現生命的價值與意義，就是很重要的人生課題。

有學生說媽媽把全部的關注放在他身上，他覺得壓力很大，因為媽媽自責帶他和弟弟出遊，遇上意外，弟弟當場死亡。他說：「為了安慰媽媽，我連同弟弟的份一起活著，加倍順從媽媽，但是，老師我真的好累……」；疫情期間有學生在交友軟體上認識了男朋友，他們都愛打手遊，在網上聊得很合拍。她一直期待能見上一面，但所謂的男朋友一再找藉口推託，解封後也避不相見，最後只好告訴她，他其實有社交恐懼，所以，只想網戀。面對她的「初戀」就這樣無疾而終，她覺得自己已經被掏空；有大一和大四兩個學生罹癌，他們睡眠充足，其中一個不喝手搖飲，還登玉山、跑半馬，他們質疑人生，也對生活失望，但卻又為了愛他們的親友而奮戰中……。

人生有時很不可理喻，但我們勢必要在我們可以掌控的範圍去梳理人生，盡其所能在充滿變數的命運中，為我們所愛的人、事、物，充滿希望地且行且珍惜。

我們常說的「及時行樂」，出自羅馬詩人賀拉斯（Horace）的《頌歌集》（Odes），英譯為「掌握今日」（seize the day）和「採收今日」（pluck the day）。生活在如此緊湊的時代，我們更需要「掌握今日」和「採收今日」，把每個「今日」的努力堆疊成屬於自己嚮往的幸福。

我們努力讀書、工作、生活、經營關係，不就是為了要追求幸福的人生嗎？幸福的定義因人而異，所以很主觀。親情、友情、愛情、健康、事業、財富、自我實現都能帶來幸福，凡是能讓我們產生成就感的就會有幸福的能量。因此，關注不同的人生階段與領域的需求，管理好自己的人生，設定好清楚的目標，與時俱進，隨時修正檢討，就會有一股強大的力量，帶領我們鏗鏘前行。

「人生管理」是持續的過程，需要我們不斷地學習和成長，從文學中吸取智慧，從生活中汲取經驗。

本書編撰的動機在於探索文學作品中蘊涵的人生智慧和啟示，進而幫助我們更優質地管理自己的人生。在本書中，我精心挑選了二〇二〇年以來最新的文學作品、雜誌報導以及新的觀念，並從中提煉出關於人生管理的重要教訓，分為「身心」、「情感」、「工作」、「生活」以及「人際關係」共五個「管理」，每個主題的最後也提供了「延伸閱讀」的書目給讀者，期待讀者們能夠藉由閱讀和理解這些作品，建立自我的系統、管理好時間、處理與經營人際關係、學會高情商的溝通、化解衝突、讀懂自己和對方的情緒，提升自我控制與覺察的能力，也能找到解決問題和面對挑戰的方法；進而思考自己的存在價值和目標，通往更充實而有意義的方向。

在這一年的休假研究期間順利完成本教科書，其中特別搜集二〇二〇年以來出版的新書，並且介紹書中精彩內容，就是要提供同學接受全新的進步觀念，進一步深入閱讀，並且透過書中的內容學習與分享，完成上臺報告；在價值和目標，通往更充實而有意義的方向；也希望有緣的讀者能從閱讀開始找到力量，進而將這些智慧和啟示應用於現實生活中，做出投資人生能量的最佳選擇，遇見更豐盈的自己，方能實現人生管理的目標。

著書期間要特別感謝我的教學助理——實踐大學資訊系的蔡旻汝，執行力強，做事仔細有邏輯、有效率，懂得舉一反三。除了跑圖書館借書，也幫忙文書處理、核對資料與校對書稿；還有五南出版社強大而專業的編輯團隊參與獻議，在此一併深致謝忱。人生猶如一本百科全書，然限於篇幅，在選篇研析方面或新書的引用與推薦，定有遺珠之憾，也或有不盡周詳全面之處，期請博雅方家不吝指教。

陳碧月

謹識於臺北敦南寓所

二〇二四年一月

目錄

概論：追求幸福從行動開始

巴菲特說過：「有一種投資，比其他所有的投資更具價值，那就是投資自己。」人生有兩種愛，一個是愛你的工作；一個是愛你身邊的人。很多人以爲擁有財富和名利就是代表成功，所以，汲汲營營，但即使名利雙收，卻不快樂。我們應該要追求的是幸福，而不是成功，況且，每個人對成功的定義也不一樣。

幸福是什麼？

翻開每一天的新頁，都充滿期待；面對生活的各種艱難和挑戰，都能在與「人」的互動、溫暖與鼓勵下，勇敢前行，而且相信擁有美好的未來。

人生活在現實中，一定會有負面情緒，且不如意的事十之八九，那我們就必須要有面對逆境的抗壓性。其實快樂是可以學習的。賓州大學的正向心理學之父Martin Seligman，在二〇一一年出版的《心盛》（Flourish）書中就提出了幸福五元素，這是經由科學驗證過且可以測量的：

1. 正向情緒Positive Emotions：包括感恩、熱情、興奮、驕傲、滿足與愛，這些情緒都能讓我們充滿能量。多做一些能夠讓我們愉悅的事，且試著用樂觀的角度看世界，找出值得開心的、微小而確定的幸福，讓樂觀提供我們復原力，且抵抗憂鬱。

2. 全心投入Engagement：適度的選擇適合自己能力的工作，試著選擇對於自己的能力有所挑戰，但又不會超過能力範圍的。全心投入到忘我的狀態，可以讓我們學習成長，在挑戰中感受到快樂，可以讓自己更享受當前的任務。

3. 正向人際Relationships：人是喜於群居的，沒有人喜歡被孤立，好的人際關係會讓我們感到溫暖。當我們被了解、被傾聽、被安慰和鼓舞，都能讓我們感到幸福；關係上的傷害會造成我們的痛苦，缺乏社會支持網路會讓我們感到難過。研究顯示最終使人感到快樂的，並不是財富名氣，而是與身邊人的連結有多好多深。

4. 生命意義Meaning：這個意義可以看成是生命的「目的」，大多是「利他」的，都會和幫助他人有關，而且是心甘情願的付出，從中能找到自我的價值，會有一種超越自我、被需要的幸福感。

5. 成就感Achievement：付出努力會讓我們享受成就感，而這種成就感會爲自我加值，肯定自己是有用的人。有時成就感未必來自於結果，而是來自於在過程中的成長。自我價值更加滿足後，便又有了去成就後續的動力。

以上就是由Martin Seligman所提出來的幸福五元素。①歸結這五個元素，正好與「工作」和「人」息息相關。當我們願意試著將這些方法融入生活中，就會遇見幸福的自己。

想要長成自己期待中的幸福模樣，有以下幾點可供參考：

1. 養成運動的習慣，健康的身體才是通往幸福的最重要基礎。管理好自己的身心，不給人造成麻煩，是人生前行的底氣。
2. 年輕時要利用閱讀擺脫平庸，關注和探索自己，體驗人生的悲歡，盡力而爲去解決生活上的問題，學習承擔風險也擴展生活圈。
3. 勤勤懇懇看待人生，不要貪圖一時的安逸，因爲人生沒有白走的路，也沒有白流的汗。把握青春歲月努力往前，才會擁有更多的選擇權。愼重做出人生的每一個選擇，這些選擇都將帶領你走到截然不同的人生。
4. 管理好時間，勞逸並重，盡歡不宜遲，才能咀嚼生活，品嘗人生。自己的價值觀要由自己決定，遠離不健康的關係與環境，才是眞正的「愛自

① https://medium.com/psychology-wonderland/perma%E5%B9%B8%E7%A6%8F%E4%BA%94%E5%85%83%E7%B4%A0-200bce958fa9

己」。昨日種種譬如昨日死，不要活在過去，不要抱怨訴苦，人生的路只能靠自己走，善待自己也取悅自己。把自己做好了，夠資格了，「對」的人也會不請自來。

5. 隨著每個人不同的經歷，認知也會產生差異，用心去體驗世界，就能看見廣闊的天地，視野不一樣，你就不會去跟「夏蟲語冰」、去跟「井蛙語海」。提升自己的眼界和認知，因爲那才是人與人之間的差異。

6. 悲喜靠自己掌舵，獨立思考，不要活成別人的提線木偶，任人擺布，人生這場戲，要由自己說了算。不要用「面子」衡量自己，壯大眞實的自己才是實際有用的。尊重自己、忠於自己，內心的力量就能幫你對抗平庸的生活。在努力前行的路上，拿現在和過去的自己比較就好，努力靠近那個自己想成爲的有價值和意義的人，享受實踐自己的核心價值的當下。

7. 人貴自知，要清楚自己的極限與弱點，學會自我覺察，不要逞強，能力多大就做多大的事，不必爲難自己，量力而爲，該示弱就示弱、該認輸就認輸、該停損就停損、該撤退就撤退。能力要匹配野心，本事要呼應慾望，否則就會過得很痛苦。你是有慾望和野心的人就增強自己的能力；否則就降低自己的慾望，活成自己的開心想望就好。

8. 不要停止學習，因爲學習，可以讓我們明辨是非，看清世界的本質。內心篤定，腳踏實地，讓自己活得明白通透，在複雜的人生與矛盾的世事中，學習從不同角度去看待事物的優缺點，就能找出最妥適的處理方法。

9. 人心複雜多變，人性黑暗幽微，很多事情不必錙銖必較，不必黑白分明，因爲世事沒有絕對的對與錯，最多的都在灰色地帶，而且霧裡看花是最美的。生活其實並沒有很複雜，有時糊塗一些、愚鈍一些、放鬆一些，不必太過敏感焦慮，也不要期待得到所有人的認同。

10. 在時光流轉裡，接受人生的無常。這一刻眞誠相待的情誼，下一秒有可能因故變質，所有的感情都不可能一直處於最巔峰的關係狀態，能並肩走一段路，已屬難得。

11. 人生很有趣，到了某個你意料不到的階段，生活會拿走一些朋友、你會開始做減法、你也不再害怕分道揚鑣，因爲在沒有標準答案的人生中，生活會教會我們開心接受生命的不完美。

12. 注重生活品質，享受人生品味。在歲月的皺褶中，認眞生活，把日常的柴米油鹽醬醋茶，過成浪漫的琴棋書畫詩酒花的情趣，是一種能力與態度。從審美的觀點出發，人情練達去完成各自的人生任務。

總而言之，起伏的人生就是過關斬將，因為那些艱難和挑戰，讓我們更加了解自己的極限與脆弱，也讓我們了解「幸福」，因而更完整而立體。擴大格局，轉換思維，開朗而溫暖地活著，面對生活懷揣著對待人事物的感恩與讚美，讓自己內心豐盈，攢足正能量，自我提升，同時也管理好情緒，做自己情緒的主人，也會變得更有力量，幸福是藏在生活中的小事和細節裡慢慢堆疊而來的。

身心管理

健康是一切的根本，沒有健康的身心，生活中的所有追求都將停止正常運轉。我們每個人都在以各種方式追求幸福與自我實現，並且努力守護幸福，但課業與工作的壓力、家庭難念的經、人情的紛擾總會不斷產生，我們該如何在自我與他人的期許中，在有限的時間與資源，照顧好自己的健康，就顯得萬分重要。

健康管理分爲身體和心理，身體健康是自己最可以掌握的，儘管可能因爲一些遺傳疾病必須治療或預防，但我們可以透過後天自律的努力健身和飲食改善體質；然而，心理健康涉及到與他人的互動，與他人的交流、接觸，因此就可能產生情緒管理的問題。人生只有一次，值得好好活著，所以隨時要告誡自己管理好自己的身心，隨時重新開機，不能被生活選擇，而是我們要把選擇權握在手上。

多娜．沃爾特（Dawna Walter）在《生活管理》中分享度過健康一天的十種方法：

1. 利用呼吸法沉思十五分鐘。
2. 多喝水助排毒。
3. 強力淋浴刺激循環系統。

4. 適量的水果。

5. 補充必需的維他命。

6. 每天的脂肪攝入量不應超過二十到二十五克。

7. 遠離咖啡因。

8. 限量進食糖分。

9. 多走路。

10. 利用運動燃燒脂肪。

控制好飲食和運動，身體就會產生極大的變化。①

生活很辛苦，一定要善待自己的「引擎」，讓自己好好吃飯、好好喝好水、減糖。我們的健康由我們吃進肚裡的食物來決定，所以，要吃好的食物、美味的全食物（原型食物），因爲均衡的飲食是可以減壓的。「食物可以影響你腸道內的細菌種類和平衡。腸道內的細菌群又會影響大腦的情緒。好的和均衡飲食能讓你的大腦舒緩平靜……營養學家索菲．梅德林（Sophie

① Dawna Walter：《生活管理NEWLEAF NEWLIFE》，香港：三聯出版，二〇〇三年五月，頁十二—十三。

Medlin）表示，這種血糖水平的忽高忽低可能會產生的負面影響，包括注意力不集中、疲倦等，這會阻礙你應對壓力的能力。」②好的飲食，也會影響睡眠；太晚吃晚餐，就會太晚睡覺，太晚睡覺，就是睡錯時間，影響隔天的工作，長期的惡性循環下來就是影響整個健康，這是很容易理解的「蝴蝶效應」。

臺大心理系副教授謝伯讓指出，現代上班族的工作很少體力活動，感覺疲憊，多數是大腦累了，而不是身體疲倦。此時，如果不注意休息，精神渙散、記憶力變差、情緒大起大落等「腦疲勞」症狀就會找上門。例如缺乏睡眠、長期處於高壓環境，都是導致腦疲勞的原因。以睡眠爲例，謝伯讓進一步解釋：一般人想睡覺，是因爲身體累，但這其實也是大腦疲憊的一種表現。短期來說，缺乏睡眠會使人的記憶力下降百分之四十，變胖機率上升一．五至二倍。謝伯讓認爲，根本解決腦疲憊的方法，還是必須回歸到睡眠。不過，如果自認睡眠充沛，卻還是感覺很累，也可嘗試運動、冥想或調

② https://www.commonhealth.com.tw/article/83954

整飲食。③

睡眠很重要，是讓肉體和精神休息與恢復的重要關鍵，直接影響我們的生活品質。沒能睡好、睡飽，肉體就會出問題，精神不濟，無法集中注意力、免疫系統降低、情緒暴躁易怒，所有事情將無法順利如願；相反地，早睡早起，好好睡覺可以抗衰老、防失智，精神飽滿去開始每一天，相信多數都是事半功倍的。

運動也能提升睡眠品質，除此之外還能改善情緒和皮膚的狀況、增強體力，「運動可以改善記憶力和思考能力，因爲運動會增加心率，促進血液和氧氣流動到腦部。此外，運動不但會刺激人體分泌促使腦細胞生長的激素，也已被證明會讓幫助記憶和學習的海馬迴（Hippocampus）增長，且降低罹患阿茲海默症（Alzheimer's disease）和思覺失調症的風險。」④自律地保持運動的日常、養成健身的習慣，可以讓大腦逆齡、提升肌肉量、幫助血液循環、促進新陳代謝，使自己活力十足，更能享受人生。

③ https://www.gvm.com.tw/article/89039

④ https://helloyishi.com.tw/fitness/fitness-motivation/10-benefits-of-regular-exercise/

Dr. Lobsang洛桑預防醫學集團創辦人洛桑加參說：「學習預防醫學，就是去探索各式各樣的可能性，去了解原因、理解自己和別人身心靈所遭受的種種苦，然後找到好的方法去熄滅痛苦。……從無明無知、生理心理的苦中脫離出來，有一種特效藥特別好用，那就是『獲得升起快樂的知識與智慧。』」[5]來臺行醫這幾年他發現快樂不是供在那仰望的目標，而是健康指標。很多人把快樂幸福當成一個「目標」。只把它當成目標，表示它會發生在未來，意思是你能遠觀它，但現在卻體驗不到。而成爲快樂好命人第一件要做的事，就是從現在開始，把快樂當成一個「指標」。

他在《快樂醫學：藏傳身心靈預防醫學書》中教大家可以自己設定評分標準，例如幫人解決困難得十八分、吃到美味晚餐得十五分、聽到一個好笑的笑話得七分，嘗試加總自己每天的快樂指數有多高。連續計算幾天，就會得到一個平均，這就是你的指標。往後，儘量讓自己「超標」，或至少不低於平均，實行一段時間，整個人生都會不一樣，健康狀態也會變得比較理想。

⑤ 洛桑加參：《快樂醫學：藏傳身心靈預防醫學書》，臺北：時報出版社，二〇二一年十月，自序。

書中說腦神經元連結與肌肉一樣，都是用進廢退的。我們要常說好話、實話，提高願力，管理念想、管理腦神經元迴路、管理自己的人生走向；少說沒意義又顛倒是非的話，儘量遠離暗黑系。研究發現，當道人長短時，不但不會比較放鬆，反而會刺激壓力荷爾蒙皮質醇分泌。皮質醇太多，人就老得快，認知功能也容易衰退。

冥想，是近年來很熱門的減壓活動，不但能讓人提升專注力、思路清晰、情緒穩定、判斷力提升，減少人際關係的困擾；也具有緩解慢性疾病疼痛的效果，還能增強免疫力。

靜下心、閉上眼，找回身心寂靜，在冥想中感謝我們的身體，擁抱也接受所有的情緒。從「靜心」達到「無心」的境界，訓練專注力，達到放鬆效果。日後就算身處高壓，還是能夠保持平常心。

《改變人生的冥想習慣》一書的心理治療師親身體驗冥想在他身上出現的效果：

1. 頭腦不會累了。
2. 身體不會累了。

3. 不再受情緒左右。
4. 身體的疼痛減輕了。
5. 安穩好眠，且一覺醒來神清氣爽。
6. 身材變瘦了。
7. 擺脫被時間追著跑的焦慮感。
8. 不斷有好事發生。
9. 夢想實現了。
10. 這輩子能夠活出自己的人生使命。⑥

諮商心理師陳志恆醫師說：「一路順遂的人生，在逆境來臨時，有人穩健向前，有人一敗塗地。爲何有這樣的差異？和他們實質擁有的條件、能力或智力關係不大，卻和心理素質息息相關。說得更精確一點，就是心理韌性。在我的觀察中，擁有高度韌性的人，通常有個特點，就是很有『彈性』。他們不會執著於單一策略或方法，而是隨時調整路線；他們的觀點多

⑥ https://www.thenewslens.com/article/147589

元，可以綜觀全局，從不同的角度切入。最重要的是，他們能快速調控自己的身心狀態，讓情緒回到穩定。因爲，他們的內在寬廣，可以包容發生在生命中一切，不管好的或壞的。」⑦

心理諮商師周慕姿分享她自己心情不好時會去外面走一走或是騎腳踏車，讓情緒轉移。但如果沒辦法外出，就是對著鏡子裡的自己笑。這樣的做法是讓你活在當下，過去發生的事情，如果還一直想著，它就會是你的現在；如果放過它，那就是過去了。她也建議處理負面情緒時不要再去責怪自己，自我傷害和自責都是沒有必要的，先讓自己處在舒服的狀態，再去客觀討論發生的事情。⑧

生活中我們會遇到各式各樣的事，保持冷靜地去解決問題比起發洩情緒來得有用，因爲能爲自己情緒負責的人，也才能對自己的人生負責。格局和高度決定了我們處理情緒的方式。情緒，可大可小，嚴重的話可能影響我們整個人生，因此，學會管理好情緒，讓「情緒自由」，是我們重要的課題，

⑦ 史蒂芬妮・艾茲蕊著，洪慧芳譯：《啟動你的韌性開關：十二道練習給情緒正能量，讓內在更強大》，臺北：馬可孛羅出版社，二〇二二年三月，推薦序頁五。

⑧ https://www.cheers.com.tw/article/article.action?id=5096387

也是一生要努力的修行。穩定好自己的情緒，人生之路就順暢了。

越是無能、沒有本事的人，越控制不了情緒，越容易被情緒所控制。往往這樣的人會影響人際關係，因爲人都是「向陽」的，沒有人想要和帶著負能量的人困在一起。所以，情商不好、把情緒帶到職場上的人，也會影響職涯發展與命運。

當然每個人都會有情緒低落或沮喪時，有可能是過去的不好經驗或過往的殘缺正好反撲而來。但我們還是可以生出力量以嶄新的信念去覆蓋過負面的創傷經驗，不要把時間浪費在自我內耗上，欣然接受昔日已經改變不了的創傷，面對內在小孩，舔舐傷口，並說：「內在療癒意味著放下過去的制約，爲我們創造出一個嶄新的信仰系統，賦予自己力量。無論遇到什麼我們都能帶著自信，深信自己擁有強大的能力擁抱未知的未來。你會發現，你能夠帶著自信繼續往前走，並且堅信自己擁有足夠的韌性和力量。」

維克斯．金在《內在療癒原力：13個自我療癒創傷的技巧，擺脫情緒動盪，實現內心自由》中，書中提出了十四個眞正自由的感受：

1. 開放性——感受到一股無限大的擴張感，準備好迎接一切事物的到來。

2. 完整無缺的合一感。
3. 與萬物有所連結，就如海浪一般，明白自己歸屬於大海。
4. 讓你做出感覺正確的決定。
5. 明白過去發生的壞事情不會再無止境地繼續傷害你了。
6. 對未來充滿期盼、興奮。
7. 外出時不再需要擔心門禁問題。
8. 不用隨時看時鐘注意時間。
9. 不用擔心別人對你的看法。
10. 不會做最壞的打算。
11. 知道會發生各種美好的事情。
12. 知道當你又遇到困境時，自己已準備充足，能夠突破難關。
13. 不會（一直）感覺到害怕。當然，偶爾還是會驚慌失措一下，甚至對自由感到害怕，不過這都沒關係。一切都很好。
14. 知道自己無論何時都是自由的。⑨

⑨ 維克斯．金：《內在療癒原力：13個自我療癒創傷的技巧，擺脫情緒動盪，實現內心自由》，新北：大樹林出版，二〇二二年七月，頁二四六—二四七。

他在書中還提到從以下四點可以檢驗自己所做的努力是否產生了正向的影響：

1. 即使你內心感覺到被觸發，但你能夠比以前更快速回復到平靜、穩定的狀態，不太會陷入持續幾天，幾週或幾個月的被觸發狀態中。
2. 整體上，你感覺自己比以前更強大、更有自信，不安全感也完全消退。你發現自己有能力去改變自己的處境。你可以輕鬆地預測自己會被什麼情況或互動觸發，並能爲此做好準備。
3. 你不再爲自己的痛苦感到羞恥，能夠更加自在地表達自己。你有自信其他人會願意聽你說話，並尊重你。那種被困住，沒有希望的感受逐漸消退，取而代之的是你可以經常感受到自己能繼續前進，並且打造更快樂、更充實的生活。
4. 你對未來的想像或幻想充滿了希望，而非災難。[10]

沒有人比自己更了解自己的深沉與黑暗，所以，沉得住氣，勇敢迎接情

⑩維克斯．金：《內在療癒原力：13個自我療癒創傷的技巧，擺脫情緒動盪，實現內心自由》，新北：大樹林出版，二〇二二年七月，頁二六五。

緒，並且用心化解，做自己情緒的主人。

面對情緒低落時，除了書寫、運動，還可以找具有正面磁場的朋友聊聊、停止和別人比較、感恩自己所擁有的、喝花草茶、享用甜點，甚至可以出走旅行轉換環境。

生活中的疲憊、消極有時會突如其來，我們一定要去認識和察覺這個情緒是從何而來？爲何而來？找出原因，加以妥適處理，才不會堆疊成更大的壓力。

鄭智荷在《6區塊黃金比例時間分配法》中提到每天睡前他都會寫下「三行情緒日記」，寫下開心與值得感謝的事，同時也藉由書寫把難過的事拋掉，不糾結問題；再寫下隔天最關鍵的事與期待，如此隔天早上將會是有意識地展開新的一天。

把自己的情緒照顧好，對時間管理非常重要，因爲身心狀況會影響時間的計畫，比如：你沒節制的大吃大喝，可能造成身體的負擔，消化不良，影響心情，進而也影響工作的效率。藉由每晚的「三行情緒日記」把心情記錄下來，就能釐清是什麼影響了情緒，進而搞亂時間管理，定期彙整情緒後，就不會重蹈覆轍，自找麻煩。

心理學作家海苔熊也是提供這樣的方法：「有感覺要感恩的時候一定要寫下來。寫感恩日記有三個效果，一個是回憶當時感恩的正向情緒，第二是和那個人或事建立連結，第三個是對方知道之後可以把這個情緒傳給下一個人。」[11]不要忽略讚美與感恩的力量，它會讓我們內在的正面能量隨著「善」的意念的循環越來越好。

《心適力：變動不安的年代，最重要的生存素養》的作者伊蓮．福克斯在心理學和神經科學方面的研究得知：「能成功壯大的人是那些有能力接受並適應持續變化和不確定性的人。」[12]因此，我們可以透過練習，提高適應能力。

將靈活心智的各種好處加以開發利用——作者稱之爲「心適力」（switchcraft），可以帶來變革。作者認爲每個人都是自身福祉的積極管理

---

⑪ https://www.marieclaire.com.tw/entertainment/story/47802

⑫ 伊蓮．福克斯著，王瑞徽譯：《心適力：變動不安的年代，最重要的生存素養》（Switchcraft: Harnessing the Power of Mental Agility to Transform Your Life），臺北：平安文化出版社，二〇二三年二月，引言頁十一。

者，而不是變化的被動受害者，因此我們必須積極主動地管理自己的生活方式。

所謂「心適力」，就像指南針，指的是「那些能幫助我們在這複雜多變的世界中應付自如的必要天生技能……培養一種靈活心態——讓自己的想法、感覺與行動保持彈性的能力，可以改變我們的人生，增強我們的韌性。」[13]他認爲在「心適力之旅中，第一步是接受變化和不確定性是人生不可避免的一部分。」[14]因此，決定幸福和成功的更重要因素就是懂得如何、何時在各種不同方法之間切換。我們還需要靈活性，以便在適當時候選擇適當的方法。這就是心適力的精髓。

書中提到心適力有以下四大支柱；它們本身便很強大，若結合在一起，更能幫助我們度過人生旅途中的任何考驗。

---

[13] 伊蓮．福克斯著，王瑞徽譯：《心適力：變動不安的年代，最重要的生存素養》（Switchcraft: Harnessing the Power of Mental Agility to Transform Your Life），引言頁十二。

[14] 伊蓮．福克斯著，王瑞徽譯：《心適力：變動不安的年代，最重要的生存素養》（Switchcraft: Harnessing the Power of Mental Agility to Transform Your Life），引言頁十二。

1. 心理靈活性（Mental agility）：在思考、行動和感受方面保持靈活，以便一路透過各種地形，無論崎嶇或平坦，並能妥善順應多變境況的能力。科學顯示，靈活性由四個不同元素組成——適應力（Adaptability）、平衡（Balancing）我們的人生、改變或挑戰（Changing/challenging）我們的觀點，以及發展（Developing）我們的心理勝任感（mental competence）。
2. 自我覺察（Self-awareness）：審視自己內在，以便對自己的核心價值和才能產生深刻的自我理解和欣賞的能力。這將幫助你對自己的渴望、夢想和才幹有更多了解。
3. 情緒覺察（Emotional awareness）：學會接受、培養你的一切情緒——包括愉快和不愉快的。還要調節情緒，並利用它們爲你的價值觀和目標服務，而不是任由它們支配。
4. 情境覺察（Situational awareness）：基本上依附在自我覺察和情緒覺察這兩大支柱之上，但也包括理解你四周的環境——向外看，以便獲得不單是對自己的「直覺」，還有對自身處境的深刻直觀覺察的能力。這種內外融合的覺察能告訴你，在這情境中你能有多少表現。⑮

總之，這種強大的心智武器——心適力，能幫助我們盡量做出正確決定，值得好好學習與運用。

在成長的過程我們一直在努力符合別人的期待，我們隱藏自己的聲音，讓步妥協，但對方的標準一定就是對的嗎？我們要梳理自己的內心、正視自己的需求、體認自己的存在，因爲從家庭到學校教育眞正的目的是要幫助我們成爲獨立自主且能爲自己負責的人；只想討好、順從的人不但過得辛苦，也無法開展自己的領域。所以我們的善良要有界限，在盡力而爲中找到自我的價值。

自我療癒的心理專家蘇絢慧在《慣性討好：不再無底限迎合，找回關係自主權的18堂課》教我們以下的方法：「請試著不再以苛責、質疑、逼迫和數落的方式，負面地對自己，而是靜靜感受自己，無論那是心酸，還是哀傷，或是疲憊，即使是空洞麻木的感覺，也只是靜靜地與這些感覺，同在。

---

⑮伊蓮．福克斯著，王瑞徽譯：《心適力：變動不安的年代，最重要的生存素養》（Switchcraft: Harnessing the Power of Mental Agility to Transform Your Life），引言頁十九—二十。

沒有評價，沒有好壞判斷，沒有拚命想著如何解決問題，沒有急著叫自己轉移注意力，離開自己身上，就是靜靜地，學習，與這些時刻的自己，相處，試著帶著安全感，相信這樣的自己，只是想要有一個空間，接納著、承接著、存在著……直到寧靜來到內心，爲心，帶來了溫柔。你內心有友善和仁慈了，在關係中才能眞的流動友善與溫柔，而不需要用自我要求和自我強迫在關係裡，爲難彼此。」⑯

成長的求學過程一直到進入職場，大家或多或少一定都遇過「被動攻擊型行爲」（passive-aggression），比如有人不直接表明對你的不高興，卻是以酸言酸語應對，或者採取迂迴手段貶低侮辱你；故意在團隊的合作中以消極不配合的態度拖延大家的進度，還會推諉責任，造成大家的麻煩和困擾。

面對這種被動式攻擊，我們必須要：

1.表明立場：充分溝通，讓對方理解他給大家造成的麻煩。

2.設立界線：超出自己的界限，就應該勇於拒絕，別概括承受他人的情

---

⑯蘇絅慧：《慣性討好：不再無底限迎合，找回關係自主權的18堂課》，臺北：三采文化出版社，二〇二一年十二月，頁二四〇—二四一。

緒，讓自己深陷痛苦。

3. 別讓情緒引發衝動行爲。

不要因爲對方的行爲抓狂，若在這樣的情緒下暴怒做出衝動行爲，反而會讓自己成爲「主動攻擊者」更加陷入困境。一定要保持理性的溝通態度。[17]

每個人面對外界壓力與批評，抗壓的程度不一，但一定都會有焦慮，我們要勇敢面對焦慮，不必戰勝它，而是接受它並與之和平共處，因爲焦慮是不可避免的。不要對自己太過嚴苛，我們確實盡力了，但就是能力所不及。承認自己的弱點，接納自己，就能緩解焦慮，調整好自己再重新出發。

科普心理學作家海苔熊曾提出三個步驟，以解決如果快被情緒淹沒該怎麼辦？

Step1：覺察表層情緒：先讓情緒流露出來，指認它，這是焦慮、這是憤怒、這是不值得、這是比不上別人的感受等等。

Step2：釐清深層情緒背後的需求：問自己爲什麼會有這些情緒？是不是有

⑰ https://vocus.cc/article/6208b70ffd8978000153792f

什麼內在需求沒被滿足？那個好想要的東西到底是什麼？

Step3：將情緒的遙控器拿回自己手上：那些別人沒法給你的東西，你可不可以給你自己？[18]

別人的情緒我們無法控管，但卻可以爲自己挺身而出，找出問題所在。絕對不要把負面情緒藏起來。

英國心理諮商師艾美．布魯納（Emmy Brunner）建議面對批判的聲音時先練習忍受，不予回應。這樣做不僅能削弱那股聲音的力量，也能展開復原之旅，逐步找回人生的主控權：「療傷與復原的過程能幫助你：以平靜的態度與清晰的思緒尋找方向。與自己和他人建立親密、有益的關係。認知到自身想法只是個人觀點，不一定是事實。發掘創意、盡情揮灑人生的色彩。原諒自己與他人。接受批評，但不會把他人的意見內化成對自己的看法。爲自己注入力量，開始掌控人生。」[19]復原的曲折之路，會遭遇許多困難與挫折，但也會促使我們反思成長。

---

⑱ https://www.marieclaire.com.tw/entertainment/story/47802

⑲ 艾美．布魯納著，戴榕儀譯：《內心對話的力量：遠離自我批判，提升心靈自癒力的11種練習》，臺北：時報出版，二〇二〇年四月，頁六。

在《我們都有小憂鬱：運用療鬱象限圖的33種情緒解方，化解莫名的疲憊和心情鬱悶》書中提到：若患了憂鬱不想出門見人、與人互動，「看書」便是「在家也能累積人生經驗」[20]的方法；飼養寵物也是方法之一，「二〇一三年英國有研究報告指出『患有高血壓的飼主，與狗一起生活後血壓下降了』。近年來，人類與狗接觸會分泌催產素的說法廣爲人知，這種內分泌可減輕壓力，俗稱『幸福賀爾蒙』。」[21]寵物可以賦予我們責任感，被依賴的感覺會有要需要的存在，而且「寵物會仔細觀察人類，嗅出微妙差異，在人類不想與任何人接觸時，確實地保持距離。等你回過神時，才發現總在身邊的牠不在附近，一旦你想看看牠而靠近時，寵物會非常高興地搖尾巴，同時觀察你的情形，那個模樣實在太可愛了，心靈馬上獲得療癒。」[22]人心複雜多變；但只要與寵物相處就能產生幸福賀爾蒙。

---

[20] ほっしー著，郭菀琪譯：《我們都有小憂鬱：運用療鬱象限圖的33種情緒解方，化解莫名的疲憊和心情鬱悶》，臺北：時報出版社，二〇一九年十一月，頁八十一。

[21] ほっしー著，郭菀琪譯：《我們都有小憂鬱：運用療鬱象限圖的33種情緒解方，化解莫名的疲憊和心情鬱悶》，頁五十二。

[22] ほっしー著，郭菀琪譯：《我們都有小憂鬱：運用療鬱象限圖的33種情緒解方，化解莫名的疲憊和心情鬱悶》，頁五十五。

先把要陪自己一路相伴的身體照料好，自然就會達到如《禮記》中所說：「有深愛者必有和氣，有和氣者必有愉色，有愉色者必有婉容。」身心靈達到平衡，帶著樂觀美好的心性往前、知足知止，保持微笑，自然吸引好的能量，就更容易接近自己想要的幸福。

「古往今來，評價一個人是否能成大器、做大事，除了品德、能力以外，還有一個標準，就是修養。而不受情緒所左右，理性冷靜、心平氣和，就是修養的體現。情緒控制得當，正是一個人有主見、有頭腦，不與世沉浮、不隨人俯仰、不屈從形勢的表現。」[23]

心理學教授索尼婭．柳博米爾斯基提出：「人類全部的快樂中，有百分之五十由遺傳基因決定，百分之十由生活環境決定，另外百分之四十由日常的思想和行為決定。」也就是說我們有一半的快樂權利是掌握在自己手裡的，既然如此，如果我們不好好掌握那一半的勝算，不就太辜負美好的人生了。

[23] 楊自強：《古人教你混職場：諸葛亮如何規劃「就職三部曲」？蘇東坡怎麼和同事婉轉say no？30則古代一哥的智慧絕活，帶你輕鬆走跳江湖！》，臺北：麥田出版，二〇二一年三月，頁二七三—二七五。

《為自己，再勇敢一次》書中提到：「紀律是在練習場上需要完成的工作，讓你在盛大的比賽前做好準備……你的紀律，那種讓你成為最好的自己的節奏感——無論它是用來鍛鍊你的身體、你的心或你的靈魂——總是在你必須說正確的話、做正確的事、成為你所希望的勇敢之人時出現，它是讓事情變完美的練習，也是讓你變勇敢的修行。」[24]唯有成為有紀律的人，才能經過時間的淬礪，長成自己想要的模樣。

總結以上，我們想要擁有健康的身心，就該善加運用情緒練就自己調節情緒的能力，不讓自己為情緒所左右，才能達到自己的目標：

1. 清楚表達自己的感受，學會坦誠而婉轉地向不合理、不開心和不舒服的請求拒絕。
2. 讀懂情緒，接受世事無常、人心複雜多變，就能寬容看淡，不再糾結。
3. 在負面情緒事件中調整情緒，不易陷入惡性循環，更不要把快樂的鑰匙交到別人手上。
4. 透過書寫療癒，寫下讓你有成就感的事，以正面的能量覆蓋並減輕負面

㉔ https://www.gvm.com.tw/article/85315

感受。

5. 如果經過努力，負面的情緒還是無法消除，你還是無法駕馭情緒，那可能就是該要遠離那個引起你負面的人或事了。

6. 培養高情商，學習讀懂對方的情緒，開放心胸接納改變。

7. 積極學習，與時俱進，追求新知，改變看世界的角度。

8. 遇到不友善的對待或不講理的人，你需要關注的是自己的處理方式和回應，不需要爲他人的情緒和修養買單而影響自己。

9. 憤怒時，先深呼吸，不要急著爲對方貼標籤，因爲一旦先貼上了標籤，我們就會執著於自己的認知和理解，就會喪失看到事情的本質或眞相；所以，或許也可以試著同理對方，你也會比較容易讓情緒過去，保護自己不再受傷。

10. 需要舒緩情緒時就去運動，運動會產生的多巴胺和內啡肽，可以讓情緒歸零再出發。

11. 別讓情緒內耗，照顧也控制好它，會發現內心變得更強大，也是最好的養生之道。

現代人生活壓力大，就算不是憂鬱症患者，也很容易對眼下的生活感到無力、厭世，找不到目標，不知為何而活？其實想要身心健康，除了注意飲食、養成固定運動的習慣之外，也千萬不要忽略人與人之間的情感連結，創造被需要的價值，也是找到「歲月靜好，現世安穩」的美好狀態的方法。所以，要認同自己，找到自己的價值，且擴大自己的生活圈，從別人身上反思與學習，找到身心安頓的力量。

【問題與討論】

在《自造幸福》中，從醫三十年的作者樺澤紫苑發現無關職業、性別、年齡，只要從生活中養成一些小習慣，隨時讓大腦分泌「自造幸福」的三大賀爾蒙：

1. 血清素→身體狀況良好、心情愉快舒爽而產生的治癒感。
   獲得方法：晨間散步、覺察訓練、三行正能量日記、釐清事情緩急。
2. 催產素→與他人交流、聯繫時產生的親密感，與被愛包圍的安定感。
   獲得方法：社群的建構、人際關係整理、撰寫感恩日記。
3. 多巴胺→經由努力，所產生的興奮感與成就感。
   獲得方法：適度限制生活習慣、提升自我肯定、投資自己、適當地玩樂。

請舉例說明在你目前的生活中自己創造這三大賀爾蒙所帶來的幸福感，或者預計如何計畫去創造這三大賀爾蒙？

【延伸閱讀】

ほっしー著，郭菀琪譯：《我們都有小憂鬱：運用療鬱象限圖的33種情緒解方，化解莫名的疲憊和心情鬱悶》，臺北：時報出版社，二〇一九年十一月。

人生學校（The School of Life）著；林怡婷譯：《憂鬱的種類：關於陰暗情緒的希望指南》，臺北：方舟文化出版社，二〇二二年七月。

王軼楠：《我還能變好嗎？—自我心理學幫你好好做自己》，臺北：方舟文化出版社，二〇二一年五月。

加藤史子（Kato Fumiko）著，蔡麗蓉譯：改變人生的冥想套書（共二冊）：《改變人生的冥想習慣》+《走出困難的冥想習慣》，臺北：幸福文化出版社，二〇二二年三月。

加藤史子著，蔡麗蓉譯：《改變人生的冥想習慣：每天3分鐘練習，找回自癒力，看見強大的變化》，臺北：幸福文化出版，二〇二一年一月。

安妮・唐絲（Annie F. Downs）著，尤可欣譯：《為自己，再勇敢一次：一日一練習，一百天揮別恐懼感，喚醒全新的自己》，臺北：啟示出版社，二〇二一年十月。

朱立安・巴吉尼、安東尼雅・麥卡洛著，盧思綸譯：《這一次，我們不再逃避煩惱：哲學家與心理師帶你開箱163道人生難題》（Life: A User’s Manual: Philosophy For Every and Any Eventuality），臺北：時報出版社，二〇二二年二月。

何權峰：《當然可以不生氣：50個簡單策略 讓你擺脫負面情緒》，臺北：高寶國際出版社，二〇二二年九月。

吳若權：《其實，你不是你以為的自己：療癒成長的創傷，還原靈性的美好》，臺北：悦知文化出版社，二〇二二年四月。

李介文：《反芻思考：揭開「負面情緒」的真面目，重拾面對困境的勇氣》，臺北：平安文化出版社，二〇一八年十一月。

李賢秀著，陳品芳譯：《原來，我們內心有一間解憂藥局：每天調配一點幸福感，改善心靈環境，扭轉負面情緒》，臺北：大好書屋，二〇二二年五月。

和田秀樹著，伊之文譯：《擺脱不安的50個情緒修補練習》，臺北：三采文化出版社，二〇二二年四月。

枡野俊明著，黃薇嬪譯：《別對每件事都有反應：淡泊一點也無妨，活出快意人生的99個禪練習！》，臺北：悦知文化出版社，二〇二三年一月。

姜義堅：《意念導引：修復情緒和壓力傷害的身心互動法》，臺北：如何出版社，二〇二二年四月。

胡展誥：《擺脱邊緣人生：25則人際攻略，打造有歸屬感與自我價值的人生》，臺北：寶瓶出版社，二〇一九年十月。

張忘形：《順勢溝通：一句話説到心坎裡！不消耗情緒，掌握優勢的39個對話練習》，臺北：遠流出版社，二〇二二年二月。

梯谷幸司著，張維芬譯：《改變現實的潛意識法則：用負面情緒改變自我，實現理想生活》，臺北：世茂出版社，二〇二二年十月。

許皓宜：《情緒寄生：與自我和解的34則情感教育》，臺北：遠流出版社，二〇一八年九月。

許皓宜：《情緒陰影》，臺北：遠流出版社，二〇一八年一月。

森博嗣著，蔡麗蓉譯：《孤獨的價值：寂寞是一種必要》，臺北：時報文化出版，二〇二〇年十月。

黃惠如：《活好：每個人都可以找到和自己呼吸合拍的生活》，臺北：重版文化出版社，二〇二二年一月。

微奢糖：《告別情緒泥沼的內在復原力：放下不快樂、不自信與不勇敢，提升心理韌性的33個自我成長練習》，臺北：高寶國際出版社，二〇二二年九月。

雷納・曼羅迪諾（Leonard Mlodinow）著，黎湛平譯：《情緒的三把鑰匙：情緒的面貌、情緒的力量、情緒的管理 情緒如何影響思考決策？》，臺北：網路與書出版社，二〇二二年八月。

樺澤紫苑：《自造幸福》，臺北：今周刊出版社，二〇二三年二月。

賴佩霞：《轉念的力量：不被念頭綁架，選擇你的人生，讓心靈自由》，臺北：天下文化，二〇二一年十月。

叢非從：《願你擁有憤怒的自由》，臺北：寶瓶文化出版社，二〇二二年三月。

羅伯・狄保德著，張美惠譯：《蛤蟆先生去看心理師（Counselling for Toads: A Psychological Adventure）》，臺北：三采文化，二〇二二年一月。

蘇益賢：《練習不壓抑》，臺北：時報出版社，二〇一八年三月。

生活管理

人生需要睿智地進行管理、有系統地思考，能最大限度地利用「生活管理」才能創造眞正充實、幸福與富足的人生。

《財富創造者的七種資本》的作者約翰．克里斯蒂安森，他是高地私人財富管理公司（Highland Private Wealth Management）的創始人和首席執行官。是美國西海岸財富創造者們的顧問導師，近二十五年來，他一直爲美國各行各業的財富創造者提供諮詢服務。他在書中提到財富是大多數人夢寐以求的：如果財務自由成爲現實，那麼生活會更容易、更充實。但很快財富創造者們發現，財富並不等同於金錢。雖然金錢提供了難得的人生機遇，但財務自由也會帶來意想不到的副產品：孤獨、人際關係挑戰和缺乏目標。

他定義了新一代財富創造者，並將金融投資組合的概念拓展到「人生投資組合」的框架中，帶領讀者重新思考「成功」的定義。

在書中作者提到了人生經營，作者認爲財富的定義不僅僅包括金錢，還包括了累積以下七種資本構建人生投資組合：

1. 金融資本：包括你的實際貨幣資產以及與之相關的現實、情感和生理上的利益。比如自由程度、內心平靜、自信、滿足、價值觀的一致性、影響力、樸素或慷慨等。

2.職業資本：就是你的謀生工具。職業資本能將你的才華、技能、有意義的貢獻和成功的潛力結合起來，是一個讓你有高度情感投入的地方、一個你滿懷激情去相信的使命或願景。

3.社會資本：代表了你與家人和朋友積極的人際關係、人脈和影響力的範圍。人際關係是「財富」中的一個重要組成部分，是快樂的源泉，也是日常生活的希望之源。

4.體驗資本：也就是「娛樂」。人生需要體驗，只是爲了獲得純粹的享受和樂趣，比如旅行、冒險、愛好和個人興趣等。

5.生理資本：代表著身體與情感的健康。擁有健康的經濟來源固然很好，但如果你沒有健康的身心來享受財富，一切就失去了意義。生理資本包括身體健康，比如充足的營養、力量、保持健康的體重和規律的運動，以及情緒健康，比如正能量、感恩、快樂和對生活的滿足感。

6.智力資本：指的是「思維」儲備。大腦會產生我們對世界的每一個想法、行動、記憶、感覺和經歷。當你的生活不再受到挑戰，不需要去學習和成長時，生活就變得好像自動駕駛一樣簡單。大腦需要新的挑戰，增加對智力資本的投資，學習新的事物，是對智力資本的投資。

7.精神資本：是我們的人生目標，是對內心深處信仰的投資。是人生投資組合的基石，因爲它是我們人生投資組合中做出各種選擇背後的原因。物質會消逝，但精神永存。

了解了以上組成人生的七種資本之後，不同的投資方式會帶來不同的回報。①

創造與管理財富最重要在於回歸有溫度的家庭和社會，與自身的價值取向和人生意義相契合。作者建議大家提出並回答關於自己、生活以及夢想的基本問題，最後會發現思想的轉變：「金錢本身不再成爲你的目標（獲得、積累和控制財富）；相反地，金錢變成了可以實現你所期望成果的能量和工具。教育、旅行、家庭活動，甚至是一些如自由、團結、慷慨、快樂等更寬泛的概念，都可以屬於這種具體成果。」②

書中還提到「建立人生組合的五個步驟」，包括評估你的生活、了解你

①約翰．克里斯蒂安森著，劉媛譯：《財富創造者的七種資本》，北京：中信出版社，二〇二二年十二月，頁二二二—二二八。
②約翰．克里斯蒂安森著，劉媛譯：《財富創造者的七種資本》，北京：中信出版社，二〇二二年十二月，頁一七一—一七二。

的金錢保障、研究各種選擇、設定價格目標與基準相比較。

我們首先要審視目前所處的位置與角色定位?了解自己最看重的東西是組建人生投資組合的重要基礎，例如工作、健康、娛樂、學習、人際關係、目標等?當你思考現在的人生時，你給自己的滿意程度打幾分?平庸的人生是否讓你覺得更安全?你現在處於人生的哪個階段?此時此刻你正面臨哪些機遇與挑戰?你希望自己人生中能夠眞正去經歷、去做、去看或去創造的大事是什麼?是什麼阻礙了你，讓你分心或者讓你活得比想像中謹小愼微?或許你現在正處在舒適區裡，過著熟悉的生活，當你進行評估時，可能就會有離開舒適圈向前衝的衝動。③

評估與檢核人生能帶領我們往前走向更有意義的生活。

努力做一個有質感的人，保有好奇心，認眞對待生活，花心思要求生活的細節，品味美好，照顧好自己，不同的場合穿著合適的衣著，打點好自己的外在。

爭取自己想要的幸福，用夢想去計畫未來。過去無法修補，未來難以預

③ 約翰・克里斯蒂安森著，劉媛譯：《財富創造者的七種資本》，頁二二九—二三四。

料，但只要願意用心對待生活，保持正確的心態，去迎接每個堅持下來的披荊斬棘，就能堆疊每個乘風破浪而來的底氣。

看時機與場合，不卑不亢，該講究就要講究，該將就就隨和地將就，清醒而坦蕩地熱愛自己的生活。

要想過成自己想要的人生，按部就班管理好自己的生活非常重要，其中「自律」最能讓自己的心平穩安順。當我們可以自動自發、持續重複的去做一件事，從剛開始靠意志力，到後來慢慢養成習慣而達成目標，相當清楚知道自己所制定的規則以及預期的成果，就能真心聆聽自己，有意識地和自己好好相處。

三浦將在《黃金好習慣，一個就夠》中說：「養成習慣要經過無意識→意識→無意識的階段；在『做得到』這個階段採取不太需要意志力的方法，習慣更容易固定下來；『知道』和『正在做』有天壤之別；一旦養成習慣，就會在近乎無意識的狀態下每天行動；樂見違和感；違和感是挑戰的證據；如果不再有違和感，就表示習慣正逐漸養成；靠斷捨離來訂定自己的基準。」④

生活中到處是學問，也隨時可以學習。不要擔心現在學的東西未來有沒有用，重要的是把握當下任何可以學習的機會，管理好自己的生活，最後一定都會有所助益。

在賈伯斯成功的路上遭逢許多挫折，咬緊牙根，克服關關的困難，這也要歸功他在生活管理上相當卓越，是很值得我們學習的。他在自傳中說他父親希望他把每件事做得「盡善盡美」，所以「儘管我會畏縮，還是得設法克服，把事情做好。」⑤每次他發現事情不夠完美，一定重新再做一次。

一九八五年，賈伯斯三十歲因與管理層的分歧被迫離開創辦的「蘋果」，他憑藉著他的堅毅重新振作又創辦了「NEXT公司」，之後又收購了「皮克斯」，開創了動畫電影的輝煌。後來「NEXT公司」被蘋果收購後，他又重回「蘋果」，締造了「蘋果」的神話。他說：「人生只有一瞬間，我

---

④三浦將：《黃金好習慣，一個就夠：日本心理教練的習慣養成術》，臺北：今周刊出版社，二〇二〇年九月，頁三十三。

⑤華特·艾薩克森(Walter Isaacson)：《賈伯斯傳》，臺北：天下遠見出版社，二〇一一年十月，頁三十二、九十七。

們或許只能把幾件事做好。沒有人知道自己能活多久。我告訴自己，一定要趁年輕時闖出名堂來。」⑥

二〇〇五年他在史丹佛大學演講時表示：死亡是我們共同的終點，沒有人逃得過。你的時間是有限的，所以不要浪費在過別人的生活上。不要受困於教條，也就是按照別人思考的結果生活。不要讓他人的意見淹沒你內心的聲音。最重要的是，有勇氣遵從你的內心和直覺。

賈伯斯在自傳中他說他生長在中產階級的家庭，從不擔心自己會餓死。他當過工程師，知道自己可以以此維生。上大學和去印度那段時間會那麼窮，是爲了體驗清貧的感覺。他的生活一向簡單，上班之後也一樣。他經歷過窮苦的日子，覺得很棒，反正沒錢，也用不著爲了錢擔心。後來變得非常富有，完全不必擔心錢的事。但他對自己承諾：絕不讓金錢破壞他的人生。他一直想做的就是繼續前進。「我只能就自己僅有的才能去發揮，去表達我們深刻的感覺，貢獻一點東西出來，以感謝前人的付出。」⑦他說大多

⑥ 華特・艾薩克森(Walter Isaacson)：《賈伯斯傳》，頁一三一。

⑦ 華特・艾薩克森（Walter Isaacson）：《賈伯斯傳》，頁七七四。

數有創造力的人都不忘感謝前人的努力，我們是站在別人的肩膀上，也希望能爲全人類貢獻一己之力，讓人類社會變得更好。

從賈伯斯身上可以看到生活管理的自律，他把自律變成了本能，充分利用了有限的時間和精力，去實現個人價值的最大化，從中享受自律的快樂，那是一種態度和選擇，值得我們學習。

林志玲在《剛剛好的優雅》中的〈氣度決定高度〉說：「氣度與態度，同時決定了一個人的格局，而格局則反映了他對萬事萬物的接納程度。我覺得格局指的不是簡單的走出去看世界，也不是片面的見多識廣，或者單方面的增長知識，而是要建立起與世界自在相處的方式。人生舞臺不是在追求財富與名聲，不是在追求成功，而是在追求成長，是看如何能夠讓這個舞臺生動豐富、多采多姿。……不要綑綁你的心，不要因爲害怕而爲自己設限。在人生舞臺上做精彩的自己；做一個無論在任何情況、任何地方，都能夠隨遇而安、發現無限可能的自己。」[8]要想達到那樣的格局，就要做到她在書中提到的：自律的人，才能夠擁有眞正的自由。往往想要有所成就，嚴

⑧ 林志玲：《剛剛好的優雅》，臺北：遠流出版社，二〇二一年五月，頁一五五—一五七。

格的自律是必須的。

林志玲從小養成的自律性格，也延續到後來面對工作的態度。她說有人覺得自律好難，會有想放鬆的時候；當然可以，只是時間是不等人的。和運動一樣，自律也是可以練習的，重點是能持續。可以先幫自己設定好目標，再分成一些小目標循序漸進。先試著朝小目標努力並完成，感覺就沒那麼困難了。完成任務後，給自己一點鼓勵，可以安排一下放鬆的時間或喜歡的消遣，當作獎賞，謝謝自律的自己成功達到了目標。伴隨著自律而來的是「自覺」和「自我期許」，才會明白現在所有的自由，都源自於過往的自律。一直注視著自己、了解自己，進而，自愛和自律。

所以，可以說是越自律，就能越自由。生活管理能越遊刃有餘的自由就能越快樂幸福，因為選擇權在自己手上。

有著高EQ的林志玲從不把他人的過錯或傷害放進自己心裡，她認為如此才能騰出心的空間，裝進其他快樂的事。我們從她身上還能習得優質的生活態度。她忠於自己從容的腳步，面對挫折也能笑著轉身繼續前進；懂得進退，為人著想又不失自我的分寸拿捏；在成就自己的同時，也不忘將別人放在心上。她不強求，也不比較。她希望如果要替她貼標籤的話，她希望那個標籤是「微笑」。

當一個人能以「微笑」面對生活，可見他有能力把自己生活管理好。笑看生活，一切悲歡喜樂都能迎刃而解。

要想管理好自己的生活，必須先讓自己有健康的身心，因爲心情愉悅了，全身心也都跟著舒暢了。

在現實生活中，我們發現成功的人必須很自律，這些人往往很能善用早上的時間。村上春樹就是每天早晨四、五點起床，晚上九點多就寢的人。他在接受《大方》雜誌採訪時說：「寫長篇小說時，基本都是凌晨四點左右起床，從來不用鬧鐘。泡咖啡、吃點心後，立即開始工作。重點是，要馬上進入工作狀態，不能拖拖拉拉。」對於早睡早起多年的習慣與堅持，他說：「我每天重複著這種作息，從不改變。這種重複本身變得很重要，就像一種催眠術，我沉醉於自我，進入意識的更深處。要把這種重複性的生活堅持很長時間，半年到一年，那就需要很強的意志力和體力了。」⑨

⑨ https://www.managertoday.com.tw/eightylife/article/view/361

越是優秀的人，就越擅於掌控屬於他的早晨。村上春樹就是利用早起，讓他擁有更多自己的時間，去處理自己的生活以及提升自己。他還把早起發展成自己的愛好——跑步健身。

在村上春樹三十三歲時，他開始跑步。早上九點或十點，結束工作後跑一個小時。因爲跑步，戒掉了每天六十支菸的習慣，腰間的贅肉也消失了。他認爲，職業小說家「頭腦和身體都需要健康」。他年年去跑馬拉松，他說自己在跑步時能感受到非常安靜的幸福感。吸入空氣，吐出空氣，呼吸聲中聽不出凌亂。他認爲在長跑中，如果有必須戰勝的對手，那便是過去的自己。他在漫長的跑步生涯中，參透了堅持、輸贏和超越的哲學。所以，早起一定要給自己設立一個目標，這個目標得是要有價值感的，除了運動健身，也可以是爲了考證照、學習新的技能或課程，這些明確而有力量的目標，都能抵抗即時性的短暫誘惑。

可見早起像是握住了自己的方向盤，可以找到人生的掌控感，相對地對未來未知的憂心就會減少，自信就會增強，越容易滿足快樂。然而，想要早起就必須早睡，要早睡就必須提早吃晚餐，如此正向循環，身體少了負擔，同時也達到減重的效果。

想要管理好自己的生活，善用每一天的時間相當重要。作家湯瑪斯．科里曾以五年的時間，研究了一百七十七位白手起家成功人士的日常習慣，得出的結論是：百分之九十九的成功人士，都有一個共同的好習慣，那就是「早起」。

「早起」確實對於生活管理是很重要的一環，而且是具有「蝴蝶效應」的，而且在對的時間睡覺讓身體休息，讓器官能正常的運作，隔天就都能精神飽滿迎接每一天。因此，佛蘭克林說：「我未曾見過一個早起的人抱怨命運不好。」這句話眞是有道理。

哈爾．埃爾羅德在《早起的奇跡》中說：「一旦你改變了自己的內部世界，外部世界也會隨之而變；你提升了自己的人生，生活的重擔就會隨之減輕。」⑩

暢銷書作家和勵志演說家哈爾．埃爾羅德（Hal Elrod），十五歲就擁有自己的電臺節目，二十歲時已經是一家市值兩億美元公司的頂尖銷售員；但一場嚴重車禍醒來後被判定大腦損傷，下半生只能在輪椅上度過；但他隔年

⑩ 哈爾．埃爾羅德：《早起的奇跡》，廣東：廣東人民出版社，二〇一八年一月，頁六十六。

就回到公司後，在六萬名業務員中，高踞成交量拿第六名；二十八歲經歷金融危機，負債兩百八十七萬，一度罹患憂鬱症；二十九歲，在人生低潮時，他接受朋友的建議早起晨跑，意外從中領悟出「S.A.V.E.R.S.人生拯救計畫」，只要每天早起一小時，完成以下六件事，就能徹底改變你的人生、健康、財富以及人際關係。

1. **Silence**（目的性心靜）：讓大腦保持清晰、冷靜，有助於專注人生中最重要的事情。而冥想，是保持心靜最好的方法，幾週後就眞的可以靜下來駕馭自己的思想了。

2. **Affirmations**（眞正的自我肯定）：在哈爾出車禍之後，大腦受到損傷，他爲自己制定了一份「自我肯定宣言」：「我的大腦很神奇，它擁有強大的自癒功能；我可以提高記憶力，而且一天比一天更強。」他每天朗讀這份宣言。兩個月後，他驚奇地發現，以前朋友交待給他的事情，他會習慣性回答：「不行，我記不住。」；但現在變成沒問題。

我們可以對自己的潛意識進行重新程式設計，不斷地自我肯定，直到變成信仰，可以通過以下五個步驟，寫出充滿力量的自我肯定宣言，並且在每天早起時進行朗讀——

(1)你眞正想要什麼？
(2)爲什麼想要這些？
(3)你必須成爲什麼樣的人，才能得到你想要的？
(4)你必須做什麼，才能得到你想要的？
(5)搜集勵志名言，添加到自我肯定宣言中。

3. **Visualization**（內心演練）：內心演練是利用「吸引力法則」，在成功之前先想像自己很成功，很多名人都會通過內心演練來說明自己的事業獲得成功；我們普通人，也可以通過：深呼吸、想像未來、實踐夢想三個步驟來將夢想進行具象化，讓自己每天的行動和目標保持一致，進而實現自己的目標。

4. **Exercise**（開始鍛鍊）：晨起運動幾分鐘，可以喚醒你的精氣神，不管是哪種運動，每天做幾分鐘，可以讓血液流滿全身，喚醒身體，啟動大腦，幫助我們在白天保持精力充沛。

5. **Reading**（閱讀）：早起保持閱讀的習慣，每天讀五到十頁，養成好習慣，累積下來，會對人生產生不可思議的影響。讀書是自我升級最好的方式，在書裡，我們可以用最廉價的方式，學習他人的人生經驗，是一條改變人生的捷徑。

6. **Scribing**（書寫從日記開始）：每天早起，花五—十分鐘的時間，在日記本上寫下自己的洞見、反思和成長，不斷地從頭腦中提煉精華，也是幫助自己成長的最好辦法。之後，定期翻閱，總結成長與感悟，成爲自己下一階段的行動指南。[11]

關於書寫的紀錄，確實很多專家都提到這個很棒的方法。

在橫川裕之的《7週圓夢筆記》中作者建議讀者要爲新的一週寫下「圓夢筆記」：每天一頁，把腦子的想法轉化成文字，持續記錄，寫著寫著夢想就會成眞。

持續記錄的好處會讓我們認眞思考如果再次出現問題將如何改善，免得重蹈覆轍，還可以進一步思考不同的因應方式。若發生超乎預期的狀況，也表示自己能力不足，沒有精準預測到可能的狀況，這也正是未來可以努力的方向。

「這本筆記不需要給別人看，可以盡情寫下自己所想、所感，不需要隱

---

⑪ 哈爾・埃爾羅德：《早起的奇跡》，頁六十七—一〇七。

藏。有些人會寫出許多否定的句子，也沒關係，因爲那正是眞實的你。未來成爲現實後，就會變成『現在』。如果你總是無法肯定現在的自己，不管將來變得多棒，還是無法肯定自己。或許現在的你，距離理想中的自己還有很長一段距離，但一切只能從最近的目標開始執行。只要一步一步、穩健地向前走，我可保證四十九天之後將會產生明顯的變化。」⑫

作者在書中提醒讀者可以在筆記裡安排以下的功課：

1. 有哪些障礙與問題擋在你的前方？把想到的都寫下來，填滿下一頁的欄位。
2. 從1.的答案中選出最應該解決的一個問題，並思考幾個解決方法，明天從中選擇一個並馬上執行。
3. 設定並寫下幾個一週內一定能達成的目標。
4. 寫下今天發生的三件好事。
5. 寫下回顧今天的發現和感想。⑬

⑫ 橫川裕之：《7週圓夢筆記：每天一頁，寫著寫著夢想就成真了》，臺北：方智出版社，二〇二三年一月，頁二十四。

⑬ 橫川裕之：《7週圓夢筆記：每天一頁，寫著寫著夢想就成真了》，頁二十四、九十二。

當我們用心去找到自己生活的規律與脈絡，就會發現「生活中有四件事可以改變你，愛，音樂，文字和失去。前三件事讓人心生希望，請允許最後一件使你變得勇敢。」⑭哈爾．埃爾羅德也說：「如果你想減輕壓力，請讓大腦保持冷靜、明晰。這樣你才能專注於人生中最重要的事情，甚至隨時取得成功，這是大多數人沒有做到的事情。因此，每天早晨請帶著『目的性心靜』醒來。」⑮書中提到心靜的鍛鍊有以下五種方式：冥想、祈禱、沉思、深呼吸和感恩。⑯

在《5分鐘商學院 個人篇：人人都是自己的CEO》一書中，作者提到在一八一七年以前，工作時間普遍是十四至十六小時，高強度的體力勞動會讓人過勞早衰。著名實業家羅伯特．歐文（Robert Owen）就是在這一年提出了「八小時工作，八小時休息，八小時自由支配」的口號，但資本家不接

⑭ 萬特特：《這世界很好，但你也不差》，臺北：幸福文化出版社，二〇二二年二月，頁一九六。
⑮ 哈爾．埃爾羅德：《早起的奇跡》，頁六十八。
⑯ 哈爾．埃爾羅德：《早起的奇跡》，頁六十九。

受。直到一八八六年，美國三十五萬工人忍無可忍舉行大罷工，才換來了今天的八小時工作制。

前人如此辛苦爭取來的「八小時自由支配」，大家是否好好珍惜利用呢？而人與人的區別，其實主要就是由這個八小時造就的，這就是著名的「三八理論」。

作者在書中分享了他開始把「善用第三個八小時」作爲自己最重要的時間管理手段之一。他很具體地分享自己的方法：

1. 找到「不被打擾的時間」

「三八理論」的核心，是每天要從萬千瑣事、突發狀況中，爭取出二至四小時「不被打擾的時間」，比如：學習、寫作、思考，只能在這連續而「不被打擾的時間」裡完成。假如你每天六點鐘下班，吃完晚飯後，最早八點鐘，最晚八點半。這時就可以開始自己「不被打擾的時間」了，一直到晚上十一點鐘；你還可以嘗試下班後從六點鐘到八點鐘的這兩個小時。這段時間裡，大多數人都在尖峰時後回家或排隊用餐。你可以留在辦公室，幫自己安排不被打擾的兩小時，到離峰時間再回家；再或者，每天提前一至二小時到辦公室，那是非常清醒的一小時，甚至可以當兩小時來用。總之，這二至四小時是非常寶貴的，如果你拿來玩社群、滑手機，絕對是非常可惜而浪費的。

2. **分清「交易、消費和投資」**

時間有三重特性：交易、消費和投資。你支付給老闆每天八小時，老闆回報給你每月的薪資，這是交易；你把自己珍貴的二至四小時「不被打擾的時間」拿來打遊戲、看電視劇、滑手機等，這是消費；你把這段時間用來學習，這就是投資。時間投資在哪裡成就就在那裡。

3. **持之以恆，日拱一卒**

作者說他從二〇〇三年開始堅持寫部落格，到二〇〇六年寫出〈計程車司機給我上的MBA課〉一文，然後又堅持寫了十年專欄，到二〇一六年才寫出大家今天看到的專欄《劉潤．5分鐘商學院》。所以，持之以恆，日拱一卒，才會有成效。[17]

上天很公平的給了每個人每天二十四小時的時間，有遠見的人在下班和

---

⑰ 劉潤：《5分鐘商學院個人篇：人人都是自己的CEO》，臺北：寶鼎出版社，二〇一八年五月，頁一一〇—一一四。

休息以外的八個小時充實精進自己；而短視的人卻荒廢時間。前者善用八小時對前途有所規劃，當然人生的高度與幸福感也會比後者多出三分之一。

能夠管理好生活的人，往往也認眞做好時間管理，認眞對待人事物，守規矩，也有底線，不會給自己找麻煩，所以面對生活的一切能夠遊刃有餘。

在《領低薪，是因爲你不夠用心》一書中提到義大利經濟學家維爾弗雷多．帕雷托（Vilfredo Pareto）在一八九五年所提出的「80/20法則」。帕雷托關注到在他所處的社會中，人被自然分成「重要的少數」（以金錢和社會影響力來衡量的上層社會優秀份子，占百分之二十）和「不重要的多數」（底層的百分之八十）。運用於工作上就是說如果你列出十項要做的工作，其中兩項的價值等於或可能超過其餘八項價值加起來的總和。

作者認爲「80/20法則」是所有時間與生活管理概念中最有用的法則之一。他建議在清單列出必須做的十項任務中，有一項任務的價值，常常比其餘九項任務加起來的價值還高，這個任務就是應當首先完成的任務。大部分人拖延清單上的百分之十或百分之二十的項目，往往是最有價值和最重要的百分之二十「少數」；而他們忙碌的反而是「不重要」的百分之八十「多數」。

書中作者提到如果你還有最上面百分之二十的工作還沒有完成的話，你必須堅定不移地拒絕做最下面的百分之八十工作。「時間管理實際上是生活管理、個人管理，其實就是控制事件發生的順序。時間管理就是把握你下一步要做什麼。你總是可以自由選擇下一步將要做的工作。你在重要和不重要的工作之間進行選擇的能力，是你在生活和工作中能否獲得成功的重要因素。」⑱

完成最重要的任務往往是最艱難複雜的，可是一旦實際開始做重要的工作，你會很自然地有興趣繼續做下去，就會有動力喜歡忙於可以眞正取得效果的重要工作。只要想一想完成一項重要的工作，就能給你動力，並幫助你戰勝拖延。事實上，完成一項重要與不重要的工作所需的時間是一樣的，差別在於完成重要和有意義的工作能獲得很大的成就感和滿足感。「工作卓有成效和富有成果的人，總是鍛鍊自己先開始做擺在他們面前的最重要工作。他們強制自己先做最重要的工作，不管那是什麼樣的工作。結果，他們獲得

⑱ 胡文宏、劉燁：《領低薪，是因為你不夠用心：帕雷托法則×鯰魚效應×AIDMA定律……職場八大守則，你做對了哪些？》，臺北：財經錢線文化有限公司，二〇二二年十月，頁四十三—四十五。

的成就比普通人大得多，因此也比普通人快樂得多。」⑲

鄭智荷在《6區塊黃金比例時間分配法》中提到大部分人的時間管理或待辦清單都以「時間」爲主，而非「目標」，這會被時間綁架也不容易持續。關於時間管理系統他列出了最重要的三項：

1. 必須很簡單：計畫一天中最重要要完成的四件事，不需要細分複雜化。
2. 必須採取直覺式思考。
3. **必須反覆PDCA**（計畫→執行→查核→行動）循環。⑳

所謂的「6區塊時間分配」的「**BLOCK6**系統」，指的是先預計你將如何度過今天，選出最重要的六個關鍵字，形成六區塊。但日常會做的事，比如吃飯、洗澡，就不需要列入；而是像健身、閱讀，這一類需要自我督促的，就要分類清楚。這六個區塊包括設定固定區塊、自由區塊、核心區塊

⑲ 胡文宏、劉燁：《領低薪，是因為你不夠用心：帕雷托法則×鯰魚效應×AIDMA定律……職場八大守則，你做對了哪些？》，頁四十五。

⑳ 鄭智荷：《6區塊黃金比例時間分配法：三步驟「視覺化」時間價值，正事不荒廢更有小確幸，活出自己想要的人生》，臺北：方言文化出版社，二〇二二年十月，頁二十八。

（絕對要完成的生活重心）、緩衝區塊（可及時補救的機會）和休息區塊（可提升做事效率值），就能一目瞭然，提高效率。作者還建議要將目標分爲三種類型：小確幸型目標、短期成就型目標以及遠大的目標。㉑

保持年輕，爲生活制訂計畫，對外界與生活保持好奇與熱愛。爲有意義的事物努力做到更好，學習問問題，靈活思考，舉一反三。不要耽溺過去，也不要把生活重心放在未來，好好珍惜眼前，未來都是每個當下堆疊而來的。保持謙卑、低調、有禮，堅守自己的準則與信念，掌控可以改變的事情，放棄糾結於無法改變的。

很多人在生活中只會空想而未能起而行，可能因爲拖延、害怕失敗而退縮，這樣的態度會進而影響學習、工作、家庭、人際關係以及理財等。

「覺察筆記」——哪些原因阻礙了你的想法化爲行動？

㉑ 鄭智荷：《6區塊黃金比例時間分配法：三步驟「視覺化」時間價值，正事不荒廢更有小確幸，活出自己想要的人生》，頁九十一。

1.每天都在修正想法，所以無所適從。

2.凡事妄加臆測，總往壞處想。

3.對自己要求太高，最後無法完成。

4.拖延，懶惰，愛找藉口。

5.內心脆弱，輕易放棄。㉒

在《爲何我們總是想得太多，卻做得太少：擊敗拖延、惰性、完美主義，讓行動力翻倍的高效習慣法則》書中，作者提到七個讓自己動起來的改變大法：

方法一：化繁爲簡。

方法二：減法思考。

方法三：正面態度。

方法四：不完美主義。

方法五：別等萬事俱備。

㉒ 高原：《為何我們總是想得太多，卻做得太少：擊敗拖延、惰性、完美主義，讓行動力翻倍的高效習慣法則》，臺北：發光體出版社，二〇二〇年三月，頁四十九。

方法六：時間管理。

方法七：告別畏難。㉓

在第一個方法中作者首先提到在茫茫資訊中找到「需求定位」：「『資訊過多』也會帶來新的困境，因爲資訊眞假難辨，它既傳授知識，提供參考，也會產生一些副作用，像是製造對我們的思考和決策毫無幫助的垃圾資訊。」㉔

以及四個實踐步驟：

步驟一：一份可立刻展開的行動方案。

步驟二：關掉電子產品，集中火力。

步驟三：戰勝事事追求完美的習慣。

步驟四：別在最後關頭再奮力一搏了。㉕

㉓ 高原：《為何我們總是想得太多，卻做得太少：擊敗拖延、惰性、完美主義，讓行動力翻倍的高效習慣法則》，頁五十一—二七一。

㉔ 高原：《為何我們總是想得太多，卻做得太少：擊敗拖延、惰性、完美主義，讓行動力翻倍的高效習慣法則》，頁五十二—五十三。

㉕ 高原：《為何我們總是想得太多，卻做得太少：擊敗拖延、惰性、完美主義，讓行動力翻倍的高效習慣法則》，頁二七二—二八五。

我們必須知道一天只有八萬六千四百秒，以屬於自己的一套邏輯與方法，有力量和權力地去應對生活，管理好時間，就能掌控好自己的生活，進而做好情緒管理，因爲你絕對不會把時間消耗在負面的事物上。

生活中我們離不開各種學習，特別是處於AI的時代。

堀公俊在《職場必備技能圖鑑》中提到：學習就是透過對知識和能力等的取得和修正，使行爲持續性地改變。學習有多種途徑。不論何種途徑，重點都是創造外顯知識和內隱知識的螺旋式上升。我們得要勤奮用功套用自己的經驗進行學習，會理解得更深。學到的內容，經過實務現場多次的實踐才會成爲自己所有。「經驗學習的關鍵在於回顧經驗——省思觀察階段。試著以語言文字寫出來是深刻面對自己的好方法。」㉖在這個資訊大爆炸的時代，也能藉此養成過濾資訊和精確思考的習慣。

在我們的生活管理中，除了勤奮用功外，不停的「思考」是很重要

㉖堀公俊：《職場必備技能圖鑑：能力UP！薪水UP！一生都受用的50項關鍵工作術》，臺北：臺灣東販，二〇二二年三月，頁一三六—一三七。

的。越能深度思考的人，越能看到更高的視野。

日本北海道大學的進化生物研究小組曾經做過一個實驗。研究人員將各三十隻螞蟻分成三組進行追蹤，觀察這些黑蟻群的分工情況。他們發現大多數的螞蟻都很勤奮，清理蟻穴、搬運食物、照顧幼蟻，一刻不得閒；但也有少部分的螞蟻終日東張西望、無所事事。研究人員在牠們身上做了標記，並且把這群螞蟻叫做「懶螞蟻」。接著，研究小組展開行動，他們斷絕了蟻群的食物來源，此時那些勤奮的螞蟻立馬亂成一團；反倒是「懶螞蟻」們處變不驚，不慌不忙，帶領蟻群向新的食物源轉移。

原來這些被以爲「懶」的螞蟻們，牠們並不是表面上看來的好逸惡勞，而是腦子從未停止思考，牠們把大部分時間都花在了「偵察」上。這就是有名的「懶螞蟻效應」。

因此平常要養成思考的習慣，特別是在現今快速變化的時代，思考自己的個人價值、找尋未來的人生方向，也是我們做好生活管理的必要條件。

現今是有史以來最多元開明而資訊超載的時代，然一刀兩刃，同時也是人心躁動、價值觀紊亂的社會。身處這個資訊過多、真假難辨的時代，我們必須在這個光怪陸離的資訊世界中，與時俱進「思考」定位自己的需求以及前往的方向，化繁為簡，接受能傳遞知識，提供參考的有效資訊；捨棄影響我們往前的混淆視聽的垃圾資訊。

生活中往往不如意事十之「八九」，我們要藉由轉念去看那「一二」，凡事往正向好處想，就算是壞事也不那麼壞了，陰鬱也會轉為光明，因為每一件我們所認為不幸的事情，可能都藏著萬幸，只是看待事情的心態和角度如何？

在生活中時時抱持著正向的態度去管理，所有你以為的壞事，也都會成為最好的安排了。

一個很經典的故事是：美國總統佛蘭克林・羅斯福回到家，發現許多值錢的東西都被小偷偷走了，家裡一片狼藉。許多人知道了這事都很同情他，不停地指責小偷。羅斯福卻寬慰大家說有三個理由讓他真的很感謝上帝：

1. 小偷只偷走我的財富，沒有想過傷害我的身體。
2. 小偷只偷走我的大部分財物，還給我留下小部分讓我度日。
3. 最值得慶幸的是，小偷偷不走我樂觀的心態。

許多事情不只一體兩面，甚至是多面，轉個念頭，看到的世界也會不一樣了。

作家張曼娟在確認父親得了思覺失調症後，身爲照顧者的她在接受《康健》雜誌的採訪時說：「很感謝上天對我的厚愛，我爸爸若早二十、三十年發作，我成長過程一定很悲慘，我一定不是現在的我，我已經有包容接納這一切的能量才發生。我也很感謝我爸爸，撐到九十歲才發作。」[27]她也轉念感謝因爲照顧者的經驗，她可以具資格同理其他的照顧者，並且有了「照顧著老去的父母，才能眞正理解人生」的寫作專欄。

張曼娟唯一的手足不願分擔照顧父母，但她卻把這樣的生命缺憾，轉化成助力，在獨力照顧雙親的過程中，雖然辛苦，卻也找到不留遺憾的經驗。

二〇一四年的TED×Taipei大會中，有一場名爲「和沒有借東西」的演說。演講者是綽號「火星爺爺」的許榮宏，他在八分鐘內，講了四十九次「沒有」，他說那些生命中的「沒有」，造就了他無與倫比的精彩人生。

許榮宏在八個月大時，因爲高燒罹患小兒麻痺。成長的過程雖沒有被霸

㉗ https://www.commonhealth.com.tw/article/76675?rec=backend&from_website=ch&from_id=article-65008&from_area=area02&from_index=1

凌，但其實都是自己困住自己。直到有個朋友告訴他，那些來幫助他的，都是天使，爲什麼要把天使擋在門外？於是，許榮宏才敞開心胸開始接受別人的好意。

許榮宏在演講中說：「沒有」不是一份限制，而是一份禮物。「我雖然沒有你方便，可是你的天使沒有我這麼多。每當我拉著行李走在路上，我都拉不了太遠太久，就有人衝過來要幫忙；下雨天的時候我幾乎不需要撐傘，因爲人群裡面一定會有一個人撐著傘朝我走過來。」

演講上線後大受歡迎，至今已累積了超過三百萬的點閱，對他來講，確實是一份超乎期待的大禮。「活了幾十年，我所接受到的幫助眞的數也數不清。這些天使多到你難以想像，而且有時候不用開口就會有。」

許榮宏說，如果身體上的缺陷讓他力氣、動作比不過別人，那就努力發展創意發想和表達，作爲自己的長處。「我到企業或機構演講上課，有時聽眾不知道我的狀況，見面時會嚇一跳。他們對我的表現期待好像因此比一般人低，但最後我所呈現的，往往更讓他們驚豔。」[28]

---

[28] https://www.fiftyplus.com.tw/articles/19417

老子的「無爲而治」也在許榮宏落實的生活管理中，他說：「很多人開心是有條件作爲前提，比如要獲得什麼結果、達到某種成功。但如果每天找到一件不爲什麼，但可以讓自己開心的事情，單純享受沉浸其中的過程，久而久之，生命一定會更豐富。」㉙這裡所說的「單純享受」說起來很簡單，但是對於汲汲營營的現代人來說卻很不容易，誠如在《窮得有品味》中，作者說：「那些喜歡人云亦云、隨波逐流、追求庸俗幸福的人，最後追求到的保證都不幸。其實，眞正的貧窮，不在於缺乏有形的東西，而在於『追求完美』。舉凡健康、美貌、財富，無論什麼，只要你『求全』，一味想登峰造極、追求極致，那麼，你永遠只能處在不滿的情緒中。唯有懂得欣賞生命的『凹凸不平』，懂得如何優雅地在逆境中自處，這種人才有機會一窺幸福之堂奧。」㉚

總結以上，想要管理好自己的生活，至少要努力做到以下幾點：

㉙ https://www.fiftyplus.com.tw/articles/19417

㉚ 亞歷山大．封．笙堡：《窮得有品味》，臺北：城邦文化出版，二〇〇六年五月，頁七十九。

1. 保持運動健身，照料自己的健康。
2. 認真工作，努力賺錢、存錢理財，有錢才有底氣。
3. 保持真誠和善良、謙卑做人。
4. 好好吃每一頓「新鮮」的飯菜。
5. 「斷捨離」，定期整理內心與居所。
6. 獨處沉澱。
7. 偶而出走，藉由旅行更新自我。
8. 認知心理暗示的力量，每天給自己積極的暗示。

【問題與討論】

1. 在大量資訊轟炸的時代，為了創造生活中的平衡，在生活管理上我們都必須要有新的時間管理思維，才能事半功倍創造更多的時間價值。請說明你目前「時間管理」的方法？以及如何有效地達成目標？
2. 請思考自己心中的理想生活樣貌？為了達成你所想望的生活狀態，現階段應該做哪些努力？

【延伸閱讀】

Dawna Walter著，蘇達、倩如譯：《生活管理》，香港：三聯出版社，二〇二三年五月。

J小姐：《與其讓別人看好，不如自己活得好看》，臺北：方舟文化出版社，二〇二〇年十月。

大衛・布魯克斯著，廖建容、郭貞伶譯：《成為更好的你》，臺北：天下文化出版社，二〇二〇年一月。

大衛・布魯克斯著，廖建容譯：《第二座山：當世俗成就不再滿足你，你要如何為生命找到意義？》，臺北：天下文化出版社，二〇二〇年一月。

山下英子著，羊恩媺譯：《斷捨離：斷絕不需要的東西，捨棄多餘的廢物，脫離對物品的執著，改變30萬人的史上最強人生整理術！》，臺北：平安文化出版社，二〇一一年八月。

布萊德・史托伯格著，龐元媛譯：《踏實感的練習：走出過度努力的耗損，打造持久的成功》，臺北：天下文化出版社，二〇二二年十二月。

安藤美冬著，林美琪譯：《離線練習：每個月關掉手機一次，就能改變人生》，臺北：幸福文化出版社，二〇二二年五月。

阿克瑟・貝格、托爾斯登・泰伏斯著，林硯芬譯：《倉鼠累了嗎？：高效行動、自覺排壓，現在開始充實生活，目標明確的為自己而活！》，臺北：和平國際出版社，二〇二〇年十二月。

梁爽：《當你又忙又美，何懼患得患失》，臺北：方智出版社，二〇二〇年一月。

理查・譚普勒著（Richard Templar），黃開譯：《思考的法則：打造美好習慣的100個練習》（The Rules of Thinking），臺北：本事出版，二〇二〇年五月。

陳文茜：《晚安，我的生命》，臺北：時報文化出版，二〇二三年三月。
黃昭瑛：《正面迎擊人生大魔王：每個磨難，都是祝福的證明》，臺北：時報文化出版社，二〇二二年二月。
慕蓉素衣：《一輩子很長，要和有趣的人在一起》，臺北：幸福文化出版社，二〇二一年二月。

情感管理

人生因爲有愛，所以，人活著才有意義。人之所以感覺到幸福，是因爲有人愛著。人的一生總要歷經無數的艱難與考驗，然而，因爲人生有三大情感：親情、友情和愛情，這三大情感支撐著我們的精神生活，讓我們活得更有力量、更有價值、更有依歸。親人、朋友和愛人就像燈塔，是照亮我們往前的光，逆境時，他們給我們肩膀，陪伴我們風雨同舟，是我們希望的底氣，只要有他們相伴，似乎一切困難都能克服。

我們要在情感交流中感恩，感恩父母、朋友和愛人伴侶，讓我們成長得更完整，讓我們可以在情感與責任中，找到生命的意義和奮鬥的方向。

孔子在《論語‧學而》裡說：「弟子入則孝，出則悌，謹而信，泛愛眾，而親仁。行有餘力，則以學文。」說的正是要我們從孝順自己的父母出發，再以這樣的本能去愛你身邊的朋友、愛你的伴侶，而讓情感走到更高的層次。

世上沒有任何一種愛，像父母對子女的付出，那樣的無私、不求回報。偉大的親情讓我們感到溫暖，特別是當我們在外面受到挫折或打擊時，親情的擁抱像是冬天裡的暖陽，也像是讓迷途的小船找到靠岸的碼頭。至純至美的親情，撫慰人心。

所有感情中，都在往聚合相守的路上走，只有「親情」在某種層面上走的是相反的路。父母親含辛茹苦拉拔與栽培孩子長大成人，無非就是希望他們出類拔萃、功成名就，但是孩子越是展翅飛翔，就離父母越來越遠，那其實是很矛盾的感情，也因此更顯得親情的偉大。

好的父母是孩子的導師，以自己的人生經驗，引導孩子往前。作家劉墉曾經寫給他女兒十五則經典的「戀愛須知」：

1. 你可以讓別人知道你是單身，但是不要把你整個人攤在陽光下。就算你有很多優點，也讓他慢慢發現。因為愛情要有幾分神祕才美，情感要不斷因為發現彼此的優點而加分。

2. 不必讓他知道你的財務狀況，無論你窮或富，都與他無關，因為吸引他的是你，不是你的錢。先知道你很富有，再和你談戀愛的人，會讓你不敢確定他的愛。

3. 吃人的嘴短，而且男女平等，所以不要都由男生請客，總要有來有往。你可以由他讓你付錢的情況，例如因為你說要請客，他是不是比較節制，來觀察他夠不夠體貼。

4. 和初次交往的男生說好幾點回家，然後觀察他是不是放在心上。一個玩在興頭，還能注意時間的男生，可以顯示他的自制與對你的尊重。一個能夠掌握約會時間的女生，可以顯示她的教養。

5. 當男生送你回家，注意他是不是確定你進門安全了，才離開。初次約會的男生，不要隨便請他進入你的房間，這是你該有的私密與矜持。他就算失望，也該尊重。

6. 如果由你決定去什麼地方，要小心選擇，因爲那能反映你的品味。但是不要因爲想炫耀，而選擇他難以負擔的。爲對方考量，是賢慧的表現。

7. 不要用禮物討好對方，也別收受不恰當的禮物。對接受的人而言，太貴重的禮物會讓他不安，對送禮的人來說，送太貴的禮物難免有所期盼。禮物貴在有情，不在有價，不恰當的贈禮會模糊愛情的焦點。

8. 和不熟的人，或去陌生的場合，最好不要飲酒，而且別讓飲料離開你的視線。你可以渴死，也不亂喝一口。寧可因爲拒絕而顯得不夠親切，也絕不碰觸任何毒品。

9. 絕對不讓喝了酒的人開車，也對喝酒開車的人重新評估。只要對方喝酒之後還想開車，一定要警告他。雖然他飲酒開車是不智與逞強，你不提出警告卻是不仁與軟弱。

10.無論多麼激情，都要自我保護；無論情感多麼穩定，也拒拍私密照片。絕不用身體換取不確定的愛情，只能爲確定的愛情解放身體。

11.除非你有意，當對方在語言或動作上有性的暗示，要立刻技巧地回避，千萬別等他露出醜態，你才喊ＮＯ。除非你有意主動，也不放出任何容易讓人誤解的訊息。

12.約會時家人和你聯絡，一定要有禮貌。對家人無情卻對外人有情，是不成熟的表現。當你不尊重家人，你的朋友也會輕視他們，輕視你的家人何嘗不是輕視你？

13.在公共場所說話要小聲、對服務人員要客氣，對老弱婦孺要禮讓。多寬容、少責備，多露笑容，少耍脾氣。該快的時候不拖拉，該慢的時候不浮躁，進退有度能夠顯示你的優雅。

14.既然是你們談戀愛，就少把家人拖進來。家人可以提供意見，可以分享快樂，不必承擔責任。以後過日子的是你們，千萬別讓你們的打打鬧鬧，成爲爸爸媽媽的精神負擔。

15.別在同一時間談幾個戀愛，下了一條船，才能上另一條船。所以從開始交往，就要平等互惠。可爲分手傷心，別爲金錢糾纏。只有兩不相欠，才能分得乾脆。①

以上十五點涵蓋了兩性的差異和價值觀、做人的禮節、應對進退、性教育、家人相處以及戀愛觀，觀念新穎，可以禁得起時代的檢驗。劉墉提出了中肯的建議給女兒，也給她後盾和安全感。

父母在孩子小時候要給他們充分的安全感「不會把情緒都發洩在小孩身上，這個小孩的心靈就是『自由』的，他可以努力地幫自己的生理問題、基本生活問題打好基礎，做好利他利己的本分。」②林博在《你的傷口，不是你的錯》中建議家長應該要模仿以色列個人菁英主義的教育，在小孩子小時候就開始訓練他們成爲一個很獨立自主的人，要敢於「超越」上一代，肯定他們的獨立思考，懷疑的想法，家長必須要放下「面子」，鼓勵他們能夠不停去「犯錯」，做他「有興趣」的事情時，予以肯定。讓下一代去嘗試，在犯錯的過程裡面，讓他們了解到「犯錯」是「成功」的必要道路。例如比爾

---

① 《今周刊》https://www.businesstoday.com.tw/article/category/80407/post/201910020029/?utm_source=FB&utm_medium=article&utm_campaign=200815

② 林博：《你的傷口，不是你的錯：擺脫家庭情緒勒索及控制，重新療癒自我》，新北：出色文化，二〇二二年一月，頁十七。

蓋茲小時候寫了程式，他父母親做的第一件事情，就是跑到大公司幫助他賣他的程式；畢卡索的父親看到他小時候畫「鳥」，就知道這個小孩畫畫的才能一定會超越自己，馬上安排畢卡索去和偉大的畫家學習。③父母本著這樣的心態帶領孩子成長，才能成就快樂的孩子。

馬拉拉（Malala Yousafzai）之所以能成爲舉世聞名的人物，正是因爲父母的支持。在馬拉拉四歲半時，父親讓她到他任教的學校註冊上學，這個舉動在當地是足以改變一個女孩命運的大事；父親讓她參與大人的世界，鼓勵她跟著他參加大小聚會。

她從十歲開始，就爲了爭取婦女受教權而奔走，從在網路上發表日誌、記錄她與朋友在塔利班政權下的生活，乃至於參與《紐約時報》的紀錄片拍攝，努力在各個平臺上曝光。二〇一二年，塔利班份子忍無可忍，馬拉拉在搭乘校車回家的途中，遭到槍手近距離射殺。所幸經過搶救，大難不死。重生的她更堅定自己服務人群的目標，繼續提倡女性與孩童的教育。

③ 林博：《你的傷口，不是你的錯：擺脫家庭情緒勒索及控制，重新療癒自我》，頁三十六—三十七。

馬拉拉的父親Ziauddin Yousafzai，在TED發表演說，一開頭提到：「在父權制的社會當中，父親通常因爲兒子而出名，但我卻是少數因女兒而出名的父親，我爲此感到特別驕傲⋯過去她是我的女兒，現在我是她的父親。」他說他所做的，只是沒折斷女兒的翅膀；而是讓她盡情飛翔。他還在男性族譜上寫下馬拉拉的名字。

再看知名服裝設計師吳季剛，之所以能一舉成名，除了他的努力與堅持，還有母親一路相伴的支持。

一個小男生從小就愛玩娃娃、對新娘禮服百看不厭、喜歡京劇。母親沒有扼殺他的才華，反而帶他到國外就學。所以當美國總統夫人蜜雪兒穿上了吳季剛所設計的晚宴服，吳季剛打電話給母親說：「媽媽，我幫你爭回面子了，再也不用擔心別人會笑我們了。」他也在採訪中說：「我眞心希望所有的父母，當你發現你的孩子有特殊的才藝與興趣時，能夠多鼓勵他們、尊重他們，並盡可能的給他們空間和學習機會！」④

④〈全美瘋吳季剛平價服飾　玩娃娃男孩夢想成真〉，《天下雜誌》第四一五期，二〇〇九年二月十一日。

吳季剛在美國念高中時，有個機會可以去法國當交換學生，但他不是那麼想去，因爲當時他在美國已經有工作。母親就和他說：「你這工作的目標太小了，你要看遠一點，你去歐洲看看不同的東西會更有感覺。」⑤

吳季剛的母親覺得孩子的天分是要培養的，可是在培養天分的同時，孩子的基礎教育很重要，母親曾對吳季剛說：「大學畢業是最基本的。我不要求你考第一名或一百分，但基本的學歷、知識、能力一定要有，這樣才不會變成一個只是會縫、會做，卻沒有學問的工人。」⑥

在前往巴黎念高三之前，吳季剛就已在娃娃設計界闖出名號，他參加首屆於歐洲舉辦的芭比娃娃國際設計比賽，擊敗各國高手拿下晚禮服和新娘禮服項目的雙料冠軍，他設計的娃娃並且在隨後舉行的巴黎娃娃大展中得到亞軍；不到十八歲，已是美國Integrity Toys旗下的精品洋娃娃品牌Fashion Royalty的創意總監，設計的洋娃娃被擺在紐約第五大道上最著名的貴族玩

---

⑤〈吳季剛母親：栽培他的天賦，也栽培他的視野〉，《親子天下》，二〇一三年一月二十四日。

⑥〈吳季剛母親：栽培他的天賦，也栽培他的視野〉，《親子天下》，二〇一三年一月二十四日。

具店F.A.O. Schwarz販售。

吳季剛設計的限量娃娃在F.A.O. Schwarz開賣，吳季剛的母親特別前往紐約參加開賣晚會，她難以置信在雪夜裡排隊的長長人龍，竟都是爲了搶下一隻吳季剛所設計的娃娃。

F.A.O. Schwarz的老闆握著吳季剛母親的手，謝謝她生了這麼一個有才華的好兒子。吳季剛的母親說：「我那時感動莫名，心想弟弟終於玩娃娃玩出頭了！」她的腦海裡浮現吳季剛小時候流連在玩具店裡捨不得離去的模樣，「我還記得他說，他將來長大，一定也要設計一個娃娃放進F.A.O. Schwarz的店裡。」⑦

吳季剛大四那年，即將畢業，但因爲忙著籌備服裝秀，沒有繳交畢業作品，所以沒有拿到畢業證書。爲了這件事情，母親和他不愉快很長一段時間，但他給了母親一個理由，他說：「媽媽，我們學校有一個魔咒，出名的都不會畢業。我一定要比同年齡的人更早讓人看到，所以我要在畢業當季作

⑦〈全美瘋吳季剛平價服飾　玩娃娃男孩夢想成真〉，《天下雜誌》第四一五期，二〇〇九年二月十一日。

秀。請妳原諒我沒有畢業，但有一天，我會讓學校還我一張畢業證書。」蜜雪兒穿上他的禮服後，學校都對外宣稱吳季剛是他們學校畢業的，其實他並沒有拿到畢業證書。

吳季剛的母親說她後來想通一件事：孩子所學的東西，如果不是他喜歡的，他永遠不會快樂，就沒有成就感，那我是不是要揹他一輩子？與其這樣，不如讓他學他自己想做的，他舒服，我也舒服。吳季剛曾和母親說了一句讓她很感動的話：「謝謝你，媽媽，讓我可以做我自己。」⑧

二〇〇六年，年僅二十四歲的吳季剛首度踏上紐約時裝週，二〇〇九年，更順著蜜雪兒旋風，跨足到米蘭時裝週。在二〇一〇年，他更靠著持續創新的風格，贏得CFDA最佳新秀女裝設計師。

父母從孩子出生後，就把自己的大部分奉獻給了孩子，但孩子往往總要等到自己有機會爲人父母，或者自己也漸漸老去，才能理解父母的辛勞。

前副總統、現任中央研究院院士陳建仁，在《如果還有明天》書中

⑧〈吳季剛母親：栽培他的天賦，也栽培他的視野〉，《親子天下》，二〇一三年一月二十四日。

〈放手，是爲了緊緊擁抱〉分享對父母先後猝逝的愛與不捨，才明白愛要及時。他認爲在父母健在時，應毫無保留與猶豫，及時說出對父母的愛慕、欽佩和感恩，好好把握相處的每一刻。書中他提到：「母親一輩子盡心盡力經營家業、相夫教子，終生忙碌操勞、煩惱憂苦，從未稍歇。她不曾和我談及她的後事，我不僅無法報答她的無限關愛與照顧，在她臨終前，也來不及向她『道愛、道謝、道歉、道別』，這是我一生第一件的大憾事。如果我能夠在母親生前，和她聊聊我對她的孺慕深情和無盡感謝，爲曾經讓她失望難過的事向她道歉，告訴她我會如何思念她，並且盼望未來的再相聚，那該有多好！」⑨

過來人的經驗告訴我們要把握父母健在的時光，和他們分享心情，及時表達對他們的崇敬和感佩，等到必須送走他們時，就不會那麼難過不捨。

心理學家阿德勒說：「幸運的人一生都被童年治癒，不幸的人一生都在

⑨ 社團法人臺灣生命教育學會病人自主研究中心：《如果還有明天》，臺北：天下生活出版社，二〇二二年一月，頁一七六。

治癒童年。」天下還是有「不是」的父母，我們沒有辦法選擇父母，如果遇到這樣的狀況我們應該如何遠離父母的情感勒索，進而管理情感呢？

有些孩子從小就在「有毒」的父母的錯誤對待下成長，他們在自我懷疑與否定的情緒中成長。

日本作家佐野洋子和新井一二三，生於重男輕女的時代，她們是在母親的精神和語言暴力中成長，她們努力掙脫母親所帶給她們的枷鎖與束縛，她們要拿回自己人生的主導權，她們以書寫療癒分別出版了《靜子》以及《媽媽其實是皇后的毒蘋果？》，在作品中記錄了母親從小以來對她們的有意或無意的傷害。

新井一二三在書中說：「我並不主張故意修正記憶，反而覺得最好以新的經驗來更替舊的記憶。比如說，我對小時候的運動會，記憶是百分之百黑暗的，因爲身體肥胖，跑步總是最後一名，而且母親叫我帶的便當沒有同學們的那麼好看、好吃；反之常漏汁弄髒書包。誰料到，有了孩子以後，作爲家長去參觀的運動會，給我留下的記憶，幾乎百分之百是明亮的。原來，刷新記憶如此容易。我估計，歷史上，沒能擁有美好孩提的人不在少數。然而，人類還是一直發展下來了，因爲生育下一代是快樂的經驗，而且會刷新對過去的記憶。」[10]她從自己和孩子的關係去翻轉自己的命運和記憶，以自己身爲母親的角色去同理，也把自己放到母親當時所處的環境找到自我的救贖。

佐野洋子的母親在七十八歲時搬到東京與她同住，因爲母親的失智，已經變成全新的溫和的老太太。母親越來越癡呆，也越來越變成誠實可愛。她終於可以擺脫母親過去對她的勒索，而去擁抱母親了。她感謝神讓母親變癡呆，讓她可以照顧母親的晚年，找到原諒與自我和解的方式。

那些美其名以愛出發、以關心爲名義的父母，或深或淺對孩子進行道德綁架，強烈干涉孩子的人生，因著血緣關係，往往殺傷力都是最大的。而這些在父母的「軟暴力」下成長的窒息的孩子，有的能透過教育與自我習得認知到父母並非完美，唯有憑藉自己的力量，才能從過往痛苦的泥淖中抽身。

因此，如果遇上了「不是」的父母，要告訴自己：家庭給你的傷疤，你要自我治癒；父母不能給的，就要自己給自己。父母不能愛你，你更要加倍

---

[10] 新井一二三：《媽媽其實是皇后的毒蘋果？》，臺北：大田出版社，二〇一八年二月，頁一九四。

愛自己。把抱怨的時間，拿來改變自己命運，長出力量。在人生的承受中，學會努力支撐自己，人生的底氣，靠自己給自己。

每個人都有被關懷、被認同與被理解的需要，我們除了可以在親情和愛情中去得到這樣的心理需求外，還可以透過友情去豐厚我們的生命。

友情的建立並不容易，那需要累積許多的時間、了解和信任，才能達到所謂的「知己」的境界。知己間一個眼神交換的默契是最寶貴的，毋須虛與委蛇的多餘言語，彼此了然於心——晉國大夫叔向獲罪入獄，他的好朋友祁奚去找另一位勇於納諫的大夫范鞅，力挺叔向無罪。後來，叔向被釋放了。事後，祁奚沒有告訴叔向這段經過；叔向也不需要去感謝祁奚的救命之恩。兩個眞正交心的好友就是有這樣的默契，相互理解與信賴，惺惺相惜。

眞正的朋友是在除了同歡樂的歲月外，還要能夠在你需要幫忙時，不需你開口，他就已經把肩膀朝你靠過來，而且還會不露痕跡地感謝你讓他有機會對你伸出援手。當我們的生命徬徨不定時，有好朋友送來祝福，不管什麼決定，都永遠支持；當我們陷落在生命的低潮時，有好朋友拉你一把，陪伴你、鼓舞你從谷底慢慢爬起；當我們的生命遇上缺口時，有好朋友勸說人生有憾事，才算是真實活著，沒有犯錯，又怎能做出正確的決定？總之，朋友是人生最無價的寶藏，提供我們生活的養分，是一本益智進德的好書。

關於友情，英國有句諺語說：「沒有友誼，則此世不過是一片荒野。」法國則是：「沒有朋友的人，不是一個完全的人。」而我們最常掛在嘴邊的便是：「在家靠父母，出外靠朋友。」可見朋友的重要。真心的朋友可以同甘共苦，更重要的是當我們身處困境、沮喪低落或迷茫孤寂時，朋友就是我們的精神支柱。

友情的可貴，在於那個人是你選擇的沒有血緣關係的家人，但有愛不代表沒有競爭。我們要允許，友誼裡不是只有甜，還有競爭和比較。在「我不希望他比我過得好的心態背後，其實是害怕自己不夠好。切記，當愛與競爭面對面時，不要讓競爭占了上風。」⑪適度的比較和競爭，特別是在年輕的時候，大家共同努力成長，並駕齊驅。同頻率的朋友更有機會發展長久關

⑪ 萬特特：《這世界很好，但你也不差》，臺北：幸福文化出版社，二〇二二年二月，頁八十二。

係。

在現代的社會中，廣交不同領域階層，甚至是性格有所差異的朋友，都是能擴展生活空間、充實生活的。我們要學習從不同層面正面去看每個人的特質，不懂得欣賞朋友的人，是否縮小了自己的格局，錯失了交到好朋友的機會呢？又志不同，道不合的朋友是否也有可取之處呢？這些都是値得我們思考的。

眞正的好朋友是懂得體諒，容許犯錯、修正的。我們應該懷抱著「嚴以律己，寬以待人」寬厚包容的客觀的交友態度，去對待朋友，絕對不要因爲一點小過錯，而忽略了過去的交情，失去一位好朋友。

唐翼明在《寧作我》的〈論朋友〉中指出，「五倫」的關係裡他最看重的關係是「朋友」。

因爲我們沒有辦法選擇父母和手足；就算伴侶是自己選擇的，也有可能關係變質；在工作上也有可能迫於「五斗米折腰」，必須勉強選擇自己不喜歡的工作，但是「跟什麼人交朋友、交情深淺、往來疏密、或斷或續，皆可操之在我，氣味相投，或傾蓋如故。⑫常常比疏遠的父子兄弟關係更爲密切。而且朋友的結識往往是在爲一個理想或一樁事業的奮鬥之中而相知相惜，因而不僅志趣相合，也常常利害相關，挫折時相勉勵，困窘中相扶持，成功時則痛飲黃龍。⑬而萬一發現所交非人，可以立即斷交，不必辦任何手續。人生之成功常得益於有幾個或一群好朋友；人生之快樂也常常來自於一兩個知己或一群好友。」⑭

《論語》中說：「無友不如己者。」不要結交不是和自己同頻率的朋友。「同頻率」指的是在志向、興趣上和自己不會背道而馳的。例如你是大器而重義氣的人，就不適合在格局狹隘而重利益的人身上浪費時間；你是喜歡服務社會、貢獻自我，就可能要和只顧自己利益、遊戲人間的人分道揚鑣。因爲選擇和自己志趣不合的人做朋友，不僅找不到相同的「頻率」，甚

---

⑫ 傾蓋如故：指朋友交情的深淺，不在於相識時間的長短，而在於彼此是否知心。傾蓋，古人乘車外出，在路上遇有人停車交談時，兩車車蓋相接。傾蓋用來形容朋友相遇親切談話的情況，這裡指初次見面的新朋友。

⑬ 痛飲黃龍：原指攻克敵京，置酒慶祝得到勝利；後泛指為打垮敵人而開懷暢飲。

⑭ 唐翼明：《寧作我》，北京：中國青年出版社，二〇一〇年二月，頁二〇七。

至嚴重者會反目成仇，因此選擇朋友必須謹慎爲要。

朋友在我們人生的學習路上占了相當重要的位置。沈謙在《林語堂與蕭伯納》的自序中說：「財富不是永久的朋友，朋友卻是永久的財富。」培根也說：「友誼使歡樂倍增，使痛苦減半。」的確，一個沒有朋友的人，他的世界是一片荒野；而有朋友的人，日子則是天天陽光燦爛。

傅佩榮也在《換個角度看人生》中提到他對於友情的看法：「我們不能選擇自己生活的時代，也不能大幅度改變當前的環境，但是我們可以慎選良師益友，使自己的心靈得到較佳的待遇。」

如何培養眞摯的友誼？安德烈．莫洛亞在《人生五大問題：法國傳記文學大師剖析愛情、教養、友情、社會與幸福的奧祕》中說：「除了愛上朋友的優點，也不妨欣賞他可愛的缺點。記住，友誼永遠不能成爲一種交易；相反地，朋友間最需要的，就是毫無利害的算計。」[15]因爲相互欣賞、信任彼此，或者因爲共同興趣的分享與支持，而能讓友情延續。「好友通常會爲

---

⑮ 安德烈．莫洛亞：《人生五大問題：法國傳記文學大師剖析愛情、教養、友情、社會與幸福的奧祕》，臺北：時報出版，二〇一二年十二月，頁一一三。

我們的成功感到欣喜，他們的興奮可以增加我們的歡樂。這在心理學裡叫做資本化。和朋友傾訴痛苦，我們的痛苦會減半；和朋友分享快樂，我們的快樂會加倍。所以，你開心時最想與誰分享，誰就是你的好友。當你成功的時候，人們會投來很多種眼光，羨慕、嫉妒、巴結、高興、無所謂，從這些眼光中，你可以分辨出誰才是眞正的朋友。」⑯

友誼像是一罈醇酒，剛釀時，有些苦澀，隨著時間的堆疊，就會越陳越香。交友是一種藝術，要想結交「益友」，遠離「損友」，就要先自我檢視是否符合「益友」的標準，然後努力往標準前進，並自我要求，同時眞心爲朋友付出關懷，在得意時祝福，在失意時鼓勵，在失誤時提醒，如此，才有機會讓友誼之樹長青。

綜上所述，要想生命中能有交情不同的朋友，有以下十點建議：

1. 君子之交淡如水，而「水」才是最能解渴的。有原則和有底線的友情才能細水長流。

---

⑯ 張曉文：《因為愛情太感性，所以需要戀愛心理學：愛情三角形×演化心理學×依附理論，戀愛其實是一種理性的衝動》，臺北：崧燁文化，二〇二二年七月，頁八十一—八十二。

2.尊重朋友間的出生與成長背景的差異，彼此坦承自己的地雷，保持良好溝通，互相不要踩到對方的「雷區」。

3.再好的朋友都要有「邊界感」，才能細水長流。不要自以爲幽默去揭別人的傷痛或瘡疤，因爲你沒有經歷過，你完全不了解。

4.格外注意自己的言語，語言傷人，就算你事後覺得船過水無痕，或者你道歉了，被你傷害的人也需要療傷的時間。

5.能夠讓你放鬆愉快，做自己、保有自我的人，才是健康的友誼關係，才是合拍的朋友。

6.得饒人處且饒人，沒有人是完人。努力去用同理心理解別人，想像你如果在那樣的狀況下你辦得到嗎？

7.放大對方對你的付出，縮小對方對你的無心傷害，你會比較好過。同時也好好珍惜身邊願意爲你付出的朋友。

8.每個人的人生都有辛苦的一面，我們都是。但是人生很美好，努力和可以對話的朋友往前看、創造快樂，才不枉每一天。

9.每個出現在我們生命中的朋友都是有意義的，他可能在人生列車上，上了車陪你一程就下車，但是你在車上還會有其他的朋友，可能是新認識的朋友，也可能是又聯繫上的老朋友，有的人可能可以陪你到終站。無論如何，我們都要珍惜可以在列車上彼此學習與成長的緣分。

10. 過去有個說法，成功的老者要有「三老」——老本、老伴和老友。然而隨著時代的演變，很多人不婚不生，「老伴」已經不只是伴侶的定義，可能也是相伴到老的朋友。因此，長久的友誼關係是值得用心經營的。

愛情足以激發各種力量，在我們的生命中有著不容忽視的重要意義，也因此愛情的描寫，向來是文學中人性表現的一個重要內容。古今中外的愛情文學作品豐富多樣，作家以詩歌、散文、小說和戲劇的形式，書寫可歌可泣的愛情——陷入熱戀的幸福快樂與瘋狂的激情；從一而終的堅貞、刻骨銘心的思念、被愛情折磨得死去活來卻也心甘情願、被背叛的痛不欲生、被離棄的撕心裂肺，還有愛情裡的寬容和諒解，都是值得我們學習的。於是，我們見到徐志摩說：「我沒有別的方法，我就有愛；沒有別的天才，就是愛；沒有別的能力，只是愛；沒有別的動力，只是愛。」、「我是極空洞的一個窮人，我也是一個極充實的富人——我有的只是愛。」張愛玲則說：「因為愛過，所以慈悲；因為懂得，所以寬容。」

每個人都要眞誠地認識自己、清楚面對並允許自己的需求和感受，才能坦然地迎接關係中的各種可能。因此，我們不能過度憑著自己的想像進入愛情，等待被了解，愛情必須和社會文化、環境、成長、心理的影響環環相扣，才不會不知所措。

愛情在每個人的生命中，占著相當重要的位置，幸福的愛情婚姻關係，無非就是人生最圓滿的事。生化學家艾文·史東（Irwin Stone）說：「愛情是鹽，沒有它，就不會嘗到生活的眞味。」這句話眞有意思，每個人都渴望被愛，也希望能夠有人可以眞心愛著，這是人類基本的需求，因此，我們可以藉由愛情的管理，去學習在愛情中找尋「平衡」，也就是「中庸」的藝術，把握好愛情的進退原則，拿捏好愛人的輕重，學習彼此相愛。

所有的情感都像一只箱子或是一本存摺，我們必須先往裡面放東西或存款，在我們需要時，才有東西可以往外拿或者才可以提款。想要擁有能夠愛人的能力，也要能夠被人所愛，是需要努力的，努力實現讓彼此幸福。

《因爲愛情太感性，所以需要戀愛心理學》中提到：與伴侶相似的地方越多，就會越喜歡對方。大部分人會和他們非常相似的人結婚：相似的年齡、背景、學歷、智商、國籍。人可能會被與自己反差大的人短暫吸引，但是卻很難選擇他們當作伴侶。有著相似背景、個性、外表吸引力和態度的人才有可能彼此吸引。精神世界高度契合，我們稱作「靈魂伴侶」；生活習慣無比契合，我們稱作「生活伴侶」，契合才能使兩人相處得更久、走得更遠。你希望伴侶有多好，你首先得證明自己有多好。你是誰，就遇見誰。你必須善良、快樂、堅韌又令人喜愛，他才可能積極、陽光、強悍又充滿柔情。⑰

作者認爲理想伴侶要具備：

1. 熱情忠誠、值得信賴，個性好。
2. 具備吸引力和活力。
3. 一定的社會地位和資源。⑱

確實如此，花若盛開，蝴蝶自來，你想要遇見「白富美」，那你就必須

⑰ 張曉文：《因為愛情太感性，所以需要戀愛心理學：愛情三角形×演化心理學×依附理論，戀愛其實是一種理性的衝動》，臺北：崧燁文化，二〇二二年七月，頁二十六—二十七。

⑱ 張曉文：《因為愛情太感性，所以需要戀愛心理學：愛情三角形×演化心理學×依附理論，戀愛其實是一種理性的衝動》，頁四十二—四十三。

得先是「高富帥」，唯有把自己活成屬於自己的奢侈品，才能遇上「值得」的人。

隨著時代的變遷，獨身，成爲全球崛起的新風潮。傳統價值觀的改變，女性投入就業人口的成長，進入婚姻或一段關係，已經不是必然的選項，年輕世代面對單身經濟的來臨，更能在生活管理上和自己相處，自己和自己談戀愛。

魯皓平在〈一個人也很好！心理醫師證實單身意想不到的9種優點〉中提出單身的好處：

1.你的思緒會更加清晰：心理醫師Susan Winter說：「親密關係在腦中占據了非常大的容量，儘管大部分都是在不知不覺中發生的，但對個人的思考能力而言，功用卻越來越小。」她分享，在情侶關係中，人們總是不免俗地要擔心另一半，甚至避免各種會造成對方不開心的行爲，小心引起複雜爭端，這種壓力是十分巨大的；然而，「單身是一種清除紊亂思緒，爲新思想或夢想騰出更多的空間呼吸、成長的行爲。」

2.無論生活如何，你都會更接近夢想：心理醫師Niloo Dardashti說：「當你獨處時，你必須學會如何自給自足，但這自在的情感更能讓你追求自己嚮往的目標和夢想。」擺脫束縛，生活完全屬於自己，也不會再因爲另一半而踟躕猶豫。

3. 你有時間和自己相處：Niloo Dardashti：「人們常常表示，在一段關係中，他們迷失了自我，其實這箇中關鍵便在於已經停止了獨立思考。」單身會爲你內心創造許多機會，聆聽自己的聲音，追尋自己的目標。

4. 你有機會弄清楚自己想要的生活：心理醫師珍妮妲茲（Jenny Taitz）分享，「單身是個找出個人『使命感』的機會，更能夠有時間弄清楚自己是誰，以及你想要過什麼樣生活的時機。」

5. 單身也許是最好的情況：泰茲（Taitz）心理醫師說，很多的幸福其實未必與另一半有關：「你可以加強你的友誼，清楚地知道什麼對自己很重要，你有很多自由、自己設計屬於自己最美好的一天。」。

6. 單身能存下更多的錢：單身實際上更能激勵自己節儉和經濟獨立。心理醫師安卓莉亞（Andrea Syrtash）研究分享，「當你單身且不與他人分攤費用時，你會督促自己儲蓄的想法，並且更懂得用錢規劃未來，因爲你絕對不會想要依賴別人來過活，這對你的事業和生活都是一大好處。」加上不用買禮物、不用負擔額外的餐敘開銷，經濟各方面都較爲自在。

7. 你可以更關心其他領域：當你單身時，你會更有機會和那些你以往都忽略的事物見面，比如：家人、朋友。

8. 讓自己享受孤獨：心理醫師強調，克服孤獨的最佳方式，其實就是讓自己面對孤獨——像是一個人坐在山頭，沉浸在大自然的陶冶，你必須聆聽和承認內心的聲音，所有的外務、任何工作上的繁瑣、人際上的困擾，說穿了都是過往雲煙。

9. 你會對自己更有自信：嘗試一個人旅行，在旅行中，當你打破一切習以爲常的事物，回到工作崗位後，這些想法也會跟著你、成爲你心中最完美的人生經驗。⑲

心理師東尼羅賓遜（Tony Robinson）在《lifehack》分享——當你學會享受獨處，心境將會有所成長，會得到以下十種意想不到的人生驚喜：

1. 你可以讓自己充電。

2. 你會經常反思。

---

⑲魯皓平：〈一個人也很好！心理醫師證實單身意想不到的9種優點〉，《遠見雜誌》，二〇一八年十月一日：https://www.gvm.com.tw/article/46216

3. 你可以學會更愛自己。
4. 你可以開始做自己喜歡的事情。
5. 你的生產力和創造力會開始提高。
6. 你會更加享受人與人之間的關係。
7. 你會學習眞正的獨立。
8. 你會打破迎合討好的表象。
9. 你能學會不需要爲任何事情道歉。
10. 你可以懂得自己做決定。⑳

《紐約時報》曾列出男女應溝通的關於價値觀念的十五個問題，以幫助人們更有方向地尋找價値觀相仿的伴侶。

1. 我們是否討論過要不要孩子？如果我們想要孩子，那將來孩子主要由誰來照顧？
2. 我們是否清楚雙方在婚姻中所需要承擔的經濟責任和物質生活目標？兩

⑳ 魯皓平：〈覺得自己很寂寞？心理師證實：享受孤獨的10大優點〉，《遠見雜誌》，二〇一九年十二月十八日：https://today.line.me/tw/v2/article/wOYEv5

個人在理財方面的觀念是否契合？

3. 我們是否討論過將來我們一家人的生活怎樣安排？是否已經在家務雜事的分配問題上達成一致？

4. 我們是否都向對方坦白了自己在生理和心理上的健康問題或病史？

5. 我的伴侶對我的愛是否達到了我所要求的程度？

6. 我們兩個人之間是否能開誠布公地討論雙方的性需要、喜好和恐懼？

7. 臥室裡是否放電視機？

8. 我們是否能認真地聆聽對方的傾訴，並且以平等的心態來考慮對方的意見和抱怨？

9. 我們是否十分清楚地了解對方的精神需要和信仰，是否討論過孩子在什麼時候將接受什麼樣的信仰教育？

10. 我們是否喜歡並且尊重對方的朋友？

11. 我們是否重視並且尊敬對方的父母？是否有一方擔心父母會干涉我們的婚姻？

12. 我的家人是否做過什麼讓你生氣的事情？

13. 有什麼個人習慣、愛好或東西是你或我在婚姻中不願意放棄的？

14. 如果我們之中有一個人將獲得一個很好的工作機會，但地點很遠，我們會搬家嗎？

15. 我們是否對另一方爲自己所做的承諾有十足的信心？是否相信我們之間的關係可以禁受得起任何考驗？㉑

從二十一世紀起婚戀價值受到很大的考驗和挑戰，時代的進展、兩性的平權、現代人自我意識崛起，如果自己就可以帶給自己快樂，爲何還需要多一個人磨合？如果兩個人在一起不是1加1大於2，爲何要強求或將就？

根據心理學教授愛德華．T．希金斯（Edward T. Higgins）的「自我差距理論（self-discrepancy theory）」，每個人心中有三種不同的自己：

1. 眞實我（actual self）：你現在的樣子。
2. 應該我（ought self）：你覺得別人想要你變成的樣子，就是「我應該成爲一個______的人」。
3. 理想我（ideal self）：你想要你變成的樣子，就是「我想成爲一個______的人」。

㉑ https://www.vogue.com.tw/culture/content-43250

愛德華．T．希金斯認爲，你的「眞實我」和另外兩者的距離，稱之爲心理差距（discrepancy）。如果你的「眞實我」沒有達到「應該我」的標準，就會有焦慮（anxiety）的感覺；而「眞實我」沒有達到「理想我」的標準，則是會產生憂鬱（depression）的感覺。

這其實也在一段關係中會產生很大的影響，也就是爲何不少人覺得在關係中要有很多的爭執、磨合、妥協而感到疲累不堪。有耐心與智慧的伴侶會想辦法面對、溝通、解決；失望大於希望的伴侶，就會半途放棄了。

心理學家程威銓（海苔熊）在《對愛，一直以來你都想錯了》中，進一步分析單身者通常會坐落於下面這四種類型當中的其中一種：

1. 一致型：你目前單身、也很喜歡單身、也很渴望單身、而且周遭的人也覺得你單身很好，這大概是過得最快樂、最自在的一種人。

2. 矛盾型：其實你渴望一個人過，但隨著年齡、隨著旁人的眼光，他們似乎「不允許」你這樣做，或者是你內心深處有一個聲音一直告訴你，結婚才是一輩子最終的憑依，這會讓你非常矛盾，因爲其實你並沒有想要結婚，可是另外一方面，你又面臨了外在的壓力，好像非得結婚，才不會被社會給拋棄。看起來這一類型的比較悲慘，但其實只要調整一部分就可以了——你的「理想我」和「眞實我」並沒有差距，都是單身的狀態，但你的「眞實我」和「應該我」之間有一個差距，所以會讓你感到非常焦慮，這時候你該把重心放在「那個應該」上面，思考看看是不是所有的社會期待都像你所想像的那樣、一定要結婚才是最好的結局？

3. 等待型：你不是不想將就，而是不願意強求。等待型的人其實覺得單身也無所謂，你並沒有感受到外在的壓力，但是自己卻很想要有一段穩定的關係，只是過去都遇到不好的對象，所以現在你會比較謹愼小心，而且也不會因爲看到一個還可以的人，就湊合著將就。你明確知道自己要的是什麼，只是那個人還沒有出現。在這樣的情況下，你所需要做的事情除了等待之外，還有拓展更多的交友空間，例如透過網路、活動、社團或者是朋友的朋友等等，這樣才能有更多的機會，遇到可以和自己契合的對象。

4. 雙重焦慮型：看起來是最悲慘的一種，但其實也沒那麼悲慘，因爲不論是外在的壓力或內在的期許，都告訴你、你還想要結婚、想要有一個歸宿、所以你大概不會和家人朋友在價値觀上面有什麼衝突，只是你要面臨兩個壓力：

「我已經很煩了，我也很想要有對象，請不要再逼我了！」

「我就是目前找不到適合我的人啊，怎麼辦？」

針對第二個壓力，其實化解的方式就像是前一種類型所說的，多拓展交友圈；而針對第一個壓力就比較棘手了，你得先劃出自己的界線，當你清楚自己在做什麼、就不會被外在的聲音所困擾。

其實「強求」和「將就」，往往是一念之隔，當你更能夠區分自己是屬於哪一種人，更感覺到自己內在的情緒到底是焦慮還是憂鬱，或許你就更有機會可以自在地拓展自己，進入一段眞正讓你感到安心的關係。[22]

由上可知，人一直在隨著環境和心境而改變，重要的是先搞清楚知道自己要的是什麼？有多少能力？有多少籌碼？得先有愛自己的能力，才有能力愛別人。

任何感情都必須要有「邊界感」，一段關係掌握好兩人的「獨立」性是

㉒程威銓（海苔熊）：《對愛，一直以來你都想錯了：學會愛自己，也能安然去愛的24堂愛情心理學》，臺北：三采出版，二〇二一年四月，頁四十四－五十二。

很重要的，各自有空間和適當的距離，才不會讓人感覺疲累，凡是無法讓人放鬆的關係都是有壓力的、不健康的。因此，想要讓感情長久經營，就必須要找到自己的「界限」，守護自己的權利，爲自己設定心理界限，穩固自己的邊界。

什麼是界限？《界限》書中指出：「設定健康有益的界限會讓你感到安全和平靜，覺得自己被愛、被尊重。」[23]界限的意義如下：

1. 界限是負擔過重時的一種保護措施。
2. 界限是自我關愛的表現。
3. 界限定義了我們在人際關係中的角色。
4. 界限界定了人際關係中可接受和不可接受的行爲。
5. 界限是對一段關係產生預期的參數。
6. 界限是使自己的需求獲得他人支持的一種方式。
7. 界限是向他人表達需求的一種方式。

㉓ 內德拉．格洛佛．塔瓦布著，張蕾譯：《界限》，北京：中信出版社，二〇二二年一月，頁十五。

8.界限是建立人際關係的一種方式。
9.界限是消除誤會、坦誠相待的一種方式。
10.界限是獲得安全感的一種方式。㉔

有些人對於設定界限後的交往會感到焦慮，也因信心不足，會想通過幫助他人來實現自己的價值。這樣的界限鬆散通常是：過度分享、過度相互依賴、情感糾纏、無法拒絕、一味取悅他人、過度依賴他人的反饋、一被拒絕就六神無主、願意接受虐待。㉕

我們每個人都要傾聽內心的聲音，有拒絕的能力和勇氣，先照顧好自己的能力和需求，不要害怕爲難或不好意思，同時也適度與可信賴的人分享或示弱；當你不忍心辜負別人的期待，就是虧待了自己，接下來就是讓應接不暇、分身乏術的自己受苦。因此，表明自我界限的眞諦，就在於照顧好自己，釐清自己與他人的關係，心有餘力再去幫助別人。《界限》的作者塔瓦布認爲：設定健康有益的界限會讓你感到安全和平靜，覺得自己被愛、被尊

㉔內德拉·格洛佛·塔瓦布著，張蕾譯：《界限》，北京：中信出版社，二〇二二年一月，頁十五。
㉕內德拉·格洛佛·塔瓦布著，張蕾譯：《界限》，頁十七。

重。健康的界限包括宣告你的需求，還要將其付諸實踐，堅守與維護都不可或缺。作者鼓勵大家用果斷的言語和行動邁向身心愉悅的生活。㉖

作者在書中對於人生的三大感情還特別提到：改善界限就是改善你與家人的關係，舒適的愛是與親人建立起健康的界限，並將其貫徹到底；兩性關係問題大多與溝通有關，想擁有一段完美的關係，不是靠緣分，而是靠用心經營和創造；在這個世界上，我們誰也不欠誰，再熟悉的人也要保持尊重，設定健康的界限是友誼長存的關鍵。㉗

所以，界限是在看清世事後，理性與人保持剛剛好的距離，而非自私。遠離那些不懂得尊重「認知邊界」——以爲自己的認知和觀念就是最明智，最有代表性的人；建立好界限，堅守原則和底線，和能講究分寸的人交流與分享，就能通往健康的情感關係，展開優質的情感管理，從中獲得幸福與安全感。

㉖ 內德拉·格洛佛·塔瓦布著，張蕾譯：《界限》，頁一四三—一六三。
㉗ 內德拉·格洛佛·塔瓦布著，張蕾譯：《界限》，頁二〇五—二六一。

聰明的人愛自己幾分，對方就會愛你幾分。千萬別奢望你付出七十分給對方，只留了三十分給自己，而對方也同樣會愛你七十分。他最多也只會愛你三十分，這是一種很容易理解的「投射作用」。如果妳夠愛自己，一定會努力花時間去投資自己，生活是充實的，不會要兩人一直黏在一起，因此，就會產生距離的美感，反而對方會更珍惜相處時的質量。如果你夠愛自己，絕對不會讓自己在婚戀關係裡受委屈，而顯得卑微，在人性裡不可否認的有種欺善怕惡的卑劣。因此，一定要夠愛自己，壯大自己，因為如果連你自己都不愛自己，怎麼可能奢望別人愛你。如果你夠愛自己，生活是璀璨滿足的，生活就不會有過多的抱怨，抱怨會讓自己活得不堪，負面的能量和情緒只會讓對方想要遠離你。

找尋另一半都是為了追求幸福，如果幸福很短暫，也不需難過，在幸福的美好當下，曾經擁有就很難得。價值追求、思維方式以及生活理念都是兩人要能往下走的重要關鍵。彼此的心意能被認同、回應，也在被欣賞中把彼此變成更好的人。

相愛時，會願意用對方愛的方式去愛他，樂於花時間在對方身上；會站在對方的角度去同理，把原本的「利己主義」，甘願變成「利他主義」；

自我揭露卻能有安全感，因爲可以爲彼此支撐，所以願意眞誠分享生活中的好壞；清楚彼此的缺點，也努力讓彼此成爲更好的人，如沐春風；彼此都能放鬆舒服地做自己，不需費心去討好；有未來感，也願意與對方親友敞開交流，所有的「顏色」都是明亮的。

總而言之，我們要藉由情感管理，有效地處理和分配自己投注在情感經營的時間和心力，在不斷學習和成長的過程中，尋找和建立支援系統，在與他人的情感互動中，學習調節自己的情感，就能在得到理解、支持與建議中，幫助提升情感管理的能力，也就能有更大的能量去接受和面對生活中的壓力和挑戰。

【問題與討論】

林語堂說：「幸福人生，無非四件事：一是睡在自家床上；二是吃父母做的飯菜；三是聽愛人講情話；四是和孩子做遊戲。」林語堂的幸福如此簡單而平凡，重點在於與人的情感交流。以下三個問題提供思考：

1. 你對「幸福」的定義？
2. 請說明在現階段的現實生活中你如何管理自己的「情感」？

3. 你對於人生三大情感——親情、友情與愛情的看法以及投注的時間與分配？

【延伸閱讀】

AWE情感工作室，文飛（Dana）：《戀愛力：解構關係的攻心攻略，從缺人愛你到自由擇愛的Level UP！》，臺北：時報出版社，二〇一九年七月。

Peter Su：《你的不快樂，是花了太多時間在乎，不在乎你的人和事》，臺北：是日創意文化有限公司，二〇二二年十二月。

內德拉・格洛佛・塔瓦布著，張蕾譯：《界限》，北京：中信出版社，二〇二二年一月。

安德烈・莫洛亞著，傅雷譯：《人生五大問題：法國傳記文學大師剖析愛情、教養、友情、社會與幸福的奧祕》，臺北：時報出版，二〇二一年十二月。

老楊的貓頭鷹：《成年人的世界沒有容易二字》，江蘇：鳳凰文藝出版社，二〇二一年十一月。

林萃芬：《從說話洞察人心：摸透對方心理，把話說得恰到好處，輕鬆駕馭人際關係》，臺北：時報出版，二〇二二年四月。

武志紅：《為何家會傷人：讓愛不再是負擔》，臺北：幸福文化，二〇二一年十月。

黃山料：《好好生活　慢慢相遇》，臺北：三采文化出版，二〇二一年六月。

黃山料：《好好再見　不負遇見》，臺北：三采文化出版，二〇二一年十二月。

黃山料：《那女孩對我說》，臺北：三采文化出版，二〇二二年八月。

黃山料：《餘生是你　晚點沒關係》，臺北：三采文化出版，二〇二二年十二月。

工作管理

在職場上，人品和努力是讓你成爲別人眼中靠譜的人的重要條件。我們看見很多人的厚積薄發，其實都是經過千錘百鍊而來。

一個人如果只是爲了賺錢而工作是不會快樂的，做任何事都必須要有熱情，才能持久。「要從工作中獲得快樂的祕密就在：和工作維持一種『輕鬆』的關係，以玩遊戲的心態去面對。如果你能夠把工作當作一種遊戲，你就會變得興致盎然、全神貫注。其實，人在玩遊戲的時候通常都很認眞，並沒有把遊戲當作消磨時間的無聊活動。而且，遊戲結束後，大家也都會覺得精神飽滿、身心舒暢。」①

資深媒體人唐玉書就曾分享她多年的職場經驗，她認爲要適時地當一個稱職的聆聽者，聆聽時必須專注地看著對方，讓對方知道你認眞聽著他說話。她也提出：「學說話之前，要先學會聆聽，與其說是說話的藝術，不如說是聽與被聽的藝術。」②

① 亞歷山大．封．笙堡：《窮得有品味》，臺北：城邦文化出版，二〇〇六年五月，頁八十九。

② 唐玉書：《誰說我的狼性，不能帶點娘?!職場生存剛柔並濟的27個善良心智力量》，臺北：時報出版，二〇二三年三月，頁一五一。

除了「聆聽」，在工作職場上，我們最常需要的就是「溝通」，和同事、客戶和主管溝通。溝通是為了解決問題，我們必須以這樣的認知為前提去展開對話，那麼往往在相互的理解中，就能達到想要的結果，同時也能因為良好的溝通建立起彼此美好的關係。

胡文宏和劉燁在《領低薪，是因為你不夠用心》中提到在職場上與主管溝通有以下六點需要掌握的：

1. 與老闆溝通越簡潔越好：主管階層的人有一個共同的特性，就是事多人忙，加上講求效率，因此最不耐煩長篇大論，言不及義。因此，想要引起老闆注意並與老闆有良好的溝通，應該學會的第一件事就是簡潔。簡潔最能表現你的才能。莎士比亞將簡潔稱之為「智慧的靈魂」。用簡潔的語言，簡潔的行為來與老闆達成某種形式的短暫交流，常能達到事半功倍的良好效果。

2. 「不卑不亢」是溝通的根本：雖然你所面對的是你的老闆，但你也不要慌亂，不知所措。不可否認，老闆喜歡員工對他尊重。然而，不卑不亢這四個字是最能折服老闆、最讓他自在的。員工在溝通時若盡量遷就老闆，本無可厚非，但過分地遷就或吹捧，就會適得其反，讓老闆心裡產生反感，反而妨礙了員工與老闆的正常關係和感情的發展。你若在言談舉止之間，都表現出不卑不亢的樣子，從容對答，這樣老闆會認爲你有大將風度，是個可造之材。

3. 溝通時老闆和員工是對等的：在主動交流中，不爭占上風，事事替別人著想，能從老闆的角度思考問題，兼顧雙方的利益。特別是在談話時，不以針鋒相對的形式令對方難堪，而能夠充分理解對方。那麼，你的溝通結果常會是皆大歡喜。

4. 用聆聽開創溝通新局面：理解的前提是了解。老闆不喜歡只顧陳述自己觀點的員工。在相互交流之中，更重要的是了解對方的觀點，不急於發表個人意見。以足夠的耐心，去聆聽對方的觀點和想法，是最令老闆滿意的。

5. 不能爲抬高自己而貶低別人：在主動與老闆溝通時，千萬不要爲標榜自己的優點，刻意貶低別人甚至老闆。這種褒貶人的做法，最爲老闆所不屑。同樣，當你表達不滿時，要記住一個原則，那就是所說的話對「事」不對「人」。不要只是指責對方做得如何不好，而要分析做出來的結果有哪些不足，這樣溝通過後，老闆才會對你投以賞識的目光。

6.用知識說服老闆：對於日新月異的科技、變化迅速的潮流，你都應保持應有的了解。廣泛的知識面，可以支持自己的論點。你若知識淺陋，對老闆的問題就無法做到有問必答、條理清晰。而當老闆得不到準確的回答，時間長了，他對員工就會失去信任與依賴。③

由上可知，在講究效率的職場中，精準而有效的溝通，能創造與同事和長官的合作默契，是職場上不可取代的價值與能力。

在工作職場上，團隊中需要一定程度的合作與溝通，目標不同，溝通的方式也有異。張忘形在《順勢溝通：一句話說到心坎裡！不消耗情緒，掌握優勢的39個對話練習》中分別說明：

1.溝通：透過理解，建立關係。

2.表達：理清脈絡，建立價值。

3.說服：透過影響，改變對方。

4.談判：資源交換，解決問題。

③胡文宏、劉燁：《領低薪，是因為你不夠用心：帕雷托法則×鯰魚效應×AIDMA定律……職場八大守則，你做對了哪些？》，臺北：財經錢線文化有限公司，二〇二二年十月，頁十九—二十一。

5.辯論：拉攏評審，贏得青睞。④

作者認爲「很多人總覺得接受對方的提議或妥協，就是自己輸了。而這樣的想法，無形中是把溝通想成了對立面。溝通並不是誰照著誰的方法去做，而是爲了建立隊友，不是建立對手。」⑤

職場上常常遇到雙方意見相左、對方已有定見或猶豫不決時，該如何勸說？如何化解敵意？讓對方改變想法，各得其所，就必須要有說服的邏輯和技巧，才能成功勸諫。特別如果對方是長官。

《資治通鑑》的第一卷記載了「任座直言」的故事——

魏文侯派大將樂羊攻打中山國，滅其國後，將中山國封給自己的兒子魏擊。

魏文侯問群臣：「我是一個什麼樣的君主呢？」

群臣都說：「您是位仁德的君主！」

---

④張忘彤：《順勢溝通：一句話說到心坎裡！不消耗情緒，掌握優勢的39個對話練習》，臺北：遠流出版社，二〇二三年二月，頁四十二。

⑤張忘彤：《順勢溝通：一句話說到心坎裡！不消耗情緒，掌握優勢的39個對話練習》，頁四十六。

任座卻說：「君王，您獲得中山國的土地，不封給自己的弟弟，卻封給自己的兒子，算什麼仁德的君主？」

魏文侯大怒，任座見狀，連忙起身離去。

魏文侯接著又問翟璜：「我是不是仁德的君主？」

翟璜答說：「您是仁德的君主？」

魏文侯又問：「何以見得？」

翟璜說：「如果君主仁德，那他的臣子就敢直言不諱。剛才任座說話很耿直，所以我知道您是仁德的君主！」

魏文侯聽後很高興，便派翟璜把任座召回來，親自迎接，同時奉爲上卿。

這算是歷史上相當成功的勸諫，同時創造了「三贏」——魏文侯得了明君的稱號、翟璜解救了朋友也在歷史留名、任座成功勸諫且加官晉爵。

是人都會犯錯，犯錯不打緊，怕的是沒有機會修正改進；只要別人的意見值得參酌，合理正確，就該心悅誠服虛心接受。

在專業職場裡，無可避免會接收到上司的指教或建議，在《領低薪，是因爲你不夠用心》一書中作者提到當我們受到上司指責時，應把握以下原則：

1. 認真對待上司的意見：上司通常不會把指責、訓斥別人當成自己的樂趣。既然是批評，尤其是訓斥容易傷和氣，那麼他在提出意見時通常是比較謹慎的。而一旦指責下屬，上司就要面對權威和尊嚴方面的問題。如果你把上司的意見當耳邊風，我行我素，其效果也許比當面頂撞更糟。因爲，你的眼裡沒有上司，讓上司顏面盡失。

2. 對上司的意見不要不服氣和滿腹牢騷：上司提出的意見自有他的道理，即使有錯誤，也必定有其可接受的地方。聰明的下屬應該學會「善用」。上司對你提出的錯誤意見，只要你處理得當，有時會變成有利因素。但是，如果你不服氣、發牢騷，那麼這種做法產生的負面效應將會使你和上司的心理距離拉大，關係惡化。

3. 切勿當面頂撞：當然，公開場合受到不公正的評論、不應該的指責，會讓自己難堪。你可以一方面私下耐心做些解釋，另一方面，用行動證明自己當面頂撞是最不明智的做法。既然你都覺得自己下不了臺，那反過來想想，如果你當面頂撞了上司，上司同樣下不了臺。如果你能在上司發其威風時給他面子，起碼能說明你大度、理智、成熟。只要這位上司不是存心找你的麻煩，冷靜下來他一定會反思，你的表現一定會讓他留下深刻的印象。

4. 被指責時不要找過多的藉口：遭到主管指責時，反覆爭執、辯解是沒有必要的。那麼，的確有冤情，的確有誤解的話怎麼辦？可以找一、兩次機會剖白，但應點到爲止。即使主管沒有爲你「平反昭雪」，也用不著糾纏不休。這種斤斤計較型的部下，會讓主管很頭痛。如果你的目的僅僅是爲了不被責罵，當然可以「寸土必爭」、「寸理不讓」。可是，一個總是把主管搞得筋疲力盡的人，又談什麼晉升呢？⑥

再看《戰國策》中的〈觸龍說趙太后〉，講述了戰國時期，秦國趁趙國政權交替之際，大舉攻趙，並已占領趙國三座城市。趙國形勢危急，向齊國求援。但齊國一定要趙太后的小兒子長安君作爲人質，才肯出兵相救。趙太后溺愛長安君，執意不肯，又嚴厲拒諫。在強敵壓境的危急形勢下，觸龍出面成功說服趙太后，解除國家危難。

⑥胡文宏、劉燁：《領低薪，是因為你不夠用心：帕雷托法則×鯰魚效應×AIDMA定律……職場八大守則，你做對了哪些？》，頁二十五—二十七。

觸龍是如何說服趙太后的呢？

觸龍見到盛怒的趙太后後，首先談論家常，拉近彼此的距離。觸龍先謝罪說自己的腿腳不好，很久沒能來看望太后。同時也關心太后的飲食，飯量是不是減少了？太后答說只是喝點稀飯。此時太后臉上的不悅有所緩解。可見觸龍的「老人養生的共同話題」沒有被太后拒絕，且得到回應。此時，就可以接著展開下一話題。

觸龍和太后說起他的小兒子雖不成材，但他最愛他，想讓他補個黑衣衛士的職缺去護衛王宮，冒昧想請太后成全。太后詢問兒子的年齡？問他也是疼愛小兒子嗎？觸龍回答說：「愛得比女人還厲害。」太后「笑」著表示：男人怎可能比女人還要愛他的孩子，當然還是女人愛兒子更厲害。此時，笑顏逐開的太后已經完全放下戒備。觸龍藉機切入正題。

觸龍和太后說，他覺得太后愛女兒勝過愛兒子。太后辯說她比較愛長安君勝過嫁到燕國爲后的女兒。不以爲然的觸龍說：「父母疼愛孩子，就要爲他們的未來考慮。您送燕后出嫁時，心情低落哀傷，眼淚直流。一逢祭祀就祝願：千萬別讓人把她退回來。這難道不是爲她長久謀劃，希望她的子孫能在燕國相繼爲王嗎？」太后聽得點頭稱是。

觸龍又接著說：「地位尊貴而無軍功，俸祿豐厚而無勞苦的諸侯子孫早晚都會遭逢災禍。」他勸太后不能只想提高小兒子長安君的地位，給他良田美宅，卻不讓他趁現在有機會爲國家立功時出馬，一旦太后百年之後，長安君要靠什麼立足於趙國呢？

太后終於了然於心，明白觸龍的規勸，同意將小兒子送到齊國當人質，挽救將亡的趙國，讓小兒子有功於趙國，以後才能穩固他的地位。

觸龍先是選擇有共同興趣的話題；察言觀色讓趙太后卸下心防；接著站在同理的角度思考並分析問題，還把趙太后最在意的長安君的利益放到第一位去考量；從頭到尾都沒有談到希望長安君去齊國做人質之事，而是考量如何爲長安君創造立功的機會，方能長保在趙國享受榮華富貴。

在工作上，我們要以自己的聰明機智說服別人心甘情願認可我們的觀點，也是一項非常重要的能力。人是會相互影響的，勸人要勸到重點、勸到軟肋，適時施加影響力，因勢利導做出正確的決策。古代專門用言語勸誘他人的「說客」，是很值得現代人學習的。

因此，職場溝通是很重要的，傾聽時記得微笑、點頭與回應；注意與對方交流的頻率，針對對方感興趣的話題深聊；在聊天的過程注意對方的表情變化；「無聲」的肢體語言，也是需要用心觀察的。

在《柔韌：善良非軟弱，堅強非霸道，成爲職場中溫柔且堅定的存在》書中，作者提到：「眞正的自信並非與生俱來的，而是一種可以培養的技能，但需要細心關注自己的成功以及獲得成功的方式。這種具有目的性的自我反思，會建立出貨眞價實，證據確鑿的信心，而不會變成驕矜自負，另一方面，當一個人覺得自己很重要，無論去到哪裡，毋須任何實際證明就覺得自己很優秀，那就不是自信，而是自負。」⑦

國際知名溝通專家莉爾．朗茲（Leil Lowndes）提出當你在「面試」時，要分不同的情況回答面試官「你做什麼工作？」，因爲對於「做什麼工作？」這個問題，其實對方並不是如表面關心你做什麼？而是關心你們可能會有什麼關係？比如：面試官問你之前做什麼？目的是了解你能爲他的公司做什麼。

⑦ 法蘭．豪瑟著，吳孟穎譯：《柔韌：善良非軟弱，堅強非霸道，成為職場中溫柔且堅定的存在》，臺北：時報出版社，二〇一九年十二月，頁一二八。

莉爾．朗茲說他的朋友羅伯特同時申請兩個職位：一家霜淇淋公司的銷售經理和一間速食連鎖店的策略規劃負責人。羅伯特在給霜淇淋公司的簡歷中，他強調了自己讓一家小公司在三年內銷售額翻倍的經驗；而在給快餐連鎖店的簡歷中，則著重介紹他在歐洲的工作經歷和對國外市場的了解。最後，他在快餐連鎖店拿到的薪水是之前期望值的兩倍：「不只是面試，別人問起你的工作，別急著回答，先考慮一下詢問者對你和你的工作的興趣點在哪裡。對不同的聽眾，講述不同的職場故事，會讓你受益良多。」⑧

《DailyView網路溫度計》透過《KEYPO大數據關鍵引擎》，調查出二○一九年四月十三日至二○二二年四月十二日三年來，十個必勝面試心法：

1. 用實例說明個人特質與能力

前者關乎到能不能融入團隊，後者則是與工作各層面都息息相關。要有實例舉證，比如：「曾經執行過某某專案，參與行銷流程與素材設計，成功獲得約ｘｘｘ用戶訂閱，並新增ｘｘｘ個新用戶按讚」，這樣的說法，一定比

⑧ http：//www.cunman.com/new/d6f469b5e57a4778801f6ae990774a5f
莉爾．朗茲（Leil Lowndes）：《遇誰都能聊得開》，上海：上海社會科學院出版社，二○一六年八月。

「擅長專案管理和行銷規劃」更能讓面試官留下深刻印象。

2. **服儀穿著乾淨整潔**

外表絕對是決定面試官對你第一印象的關鍵！像是航空、金融、法律、會計事務所等等，這些產業就最好穿上正裝；而若是行銷、藝文、公關等相對自由的行業，則可選擇稍微輕鬆，但不失正式的穿搭。

3. **事前了解公司團隊文化**

在面試前，要上網查資料，摸透公司文化，以及了解職缺的詳細工作內容，不只能幫助你判斷這間公司及職位適不適合自己，也能讓你面對相關提問對答如流，使面試官感受到你想加入這間公司的強烈意圖，留下好印象。

4. **對提問內容延伸回答**

從提問中觀察出面試官可能對什麼事情感興趣，回答時主動延伸話題，讓對話不要中斷，製造雙向溝通。如此不只能增加互動讓面試官留下印象，更能有技巧地將話題引導至自己熟悉擅長的領域，直接侃侃而談！能發揮獨立思考能力，適當挑戰提問，不被面試官牽著走，其實能發揮不錯的效果。

5. **準備好履歷與加分資料**

在面試開始之前，準備好履歷、作品集、相關證照等一切加分資料，是非常重要的。關乎到你事前在面試官心中的形象建立。除此之外，一些能彰顯自己加分能力的作品或證書，也都要備妥，以備不時之需。面試時最好也自行攜帶一份履歷資料，若面試官手邊剛好沒有資料就可以立刻補上，也可以利用這些細節在面試時彰顯自己的細心。

6. **熟知自身優缺點並改善**

「個人優缺點」是面試時常見的必問考題之一。提及優點時，可不能只說空話，最好有實例舉證；而被問到缺點時，可別只回答完自己的缺點就結束話題，一定要再提出你可以做到的改善方法，讓面試官知道：你清楚自己的缺點，同時也知道如何不讓這些缺點影響到他人。

7. **行事態度誠懇有禮**

守時、主動打招呼、面試後道謝等，這些細節都能夠展現誠意。而言行舉止，更是別人感受到你態度的重要關鍵，一言一行都要格外留意。

8. **透過模擬面議對提問駕輕就熟**

雖然面試的問題會隨著職缺而有所不同，但不管到哪個產業領域、哪家公司，只要是面試都會有一些固定的基本題，如自我介紹、針對過去經歷的提問等等，而根據不同職缺，也會有一些可以預想到的問題。事前先看過許多人的面試心得，並進行模擬面試，練習可能會被問到的問題，然後每一次面試後都回想、檢討自己做得不夠好的地方，在下一場面試中改進。

9. **表現出積極的企圖心**

企圖心可以在很多地方展現，尤其在面試最後，當面試官詢問有什麼想問時，一定要好好把握。可以趁機提出像是公司有無進修機會、自己是否還需加強什麼技能之類的問題，讓面試官感受到你的積極上進。

10. **優異的語言、外語能力**

在全球化時代，各種外語成了大部分工作都會要求的基本能力，許多大公司的業務十分國際化，客戶和同事中都有不少外國人，因此良好的外語溝通能力一定是企業在面試時的重點考量因素。因此，在外語能力上多下功夫，一定能在意想不到的時候大加分。⑨

⑨ 網路溫度計：〈求職者征服面試考驗的10大心法！揭秘企業面試官們認為的「好印象」〉，二〇二三年五月三日：https：//www.gvm.com.tw/article/89496。

被譽爲日本「經營之聖」的稻盛和夫年輕時曾爲了逃避討厭的工作而報考自衛隊，之後爲了五斗米折腰決定好好工作。沒想到觀念一轉，全心投入，曾是他厭惡的工作，反而成爲他翻轉命運的契機。

他「決定要改變自己的『心態』，努力告訴自己『用心投入這份工作！』就算不能馬上喜歡上工作，至少也要調整『討厭這份工作』的負面情感，試著全力傾注於眼前的工作……如果都沒有嘗試過就輕言放棄，未來的自己一定會有所遺憾。」[10]半強迫要求自己做的事不久竟喜歡上了，而且還主動要求參與，甚至到後來他超脫了所謂好惡的境界，在這個過程中，他領悟到：「所謂的『天賦』不是出於偶然的巧遇，而是必須自己創造。」[11]他領悟到唯有了解工作的本質，才能眞正領悟工作帶來的樂趣以及有價値的人生。所以他認爲：工作是治百病的良藥，工作是我們在面對迷惘、困難的試煉，能即時帶來光明與希望。所以日後他開創了「京瓷」和「KDDI」兩家

⑩ 稻盛和夫著，彭南儀譯：《工作的方法：了解工作的本質，實踐自我，從平凡變非凡的成長方程式》，臺北：天下雜誌出版社，二〇二二年七月，頁七十二—七十三。

⑪ 稻盛和夫著，彭南儀譯：《工作的方法：了解工作的本質，實踐自我，從平凡變非凡的成長方程式》，頁七十五。

名列世界五百強的大企業。

稻盛和夫也有屬於自己的企業哲學。他認為工作的心態會決定你是誰？因此，踏穩每一步，持續努力是生存的基本，除了竭盡全力經營每一個今天，關鍵時刻也要拿出「不顧一切的意志」；不斷實踐自我價值成為「自燃性的人」，在「漩渦的中心」工作，同時也認眞對待每一場考驗。

現今是一個日異月殊的時代，如果行動力不夠，只有想法和說法，卻不採取行動，注定會在瞬息萬變中錯失機會。

比爾．蓋茲和克拉克是同班同學，兩人都很優秀，也預測到個人電腦的發展前景。但是當比爾．蓋茲邀克拉克一起開發電腦軟體時，克拉克認為自己的知識不足，要繼續攻讀研究所。待克拉克取得碩士學位時，比爾．蓋茲的「微軟」已經嶄露頭角；再等克拉克拿到博士學位，感覺自己已經有足夠的實力開發電腦軟體時，此時，比爾．蓋茲已經因為Windows作業系統成為世界首富了。

雖說兩人各有優點，克拉克所擅長的「謀劃」也是職場所必須；但「執行力強」的比爾．蓋茲就在快速變化的科技時代，抓準時機，找到了自己發揮的舞臺。

在職場上，行動力就是執行力。有了好的想法，謀定後動，大方向和行動策略確定後經過統籌規劃，立馬採取行動，很多事情其實是知難行易，過程中遇上問題，再逐步解決。

許多人最大的失敗就是光說不練，而人之所以有優秀與平庸之別就在行動力。要想提高執行力，一定要拿出盡心盡力的態度，也一定要言出必行，把事情做到位，就算職場經驗不足，也要給人靠得住的印象，其人品的特質也從中展現。對於長官交辦的事不論進度或成效，都要主動及時匯報後續或結果，讓長官看到你的價值，展現自己的專業，力求不會輕易被取代。

培養職場的智慧，要經過成長的歷練，踏實做事，精益求精。一個人有沒有實力？能不能創造價值？會不會解決問題？以這個標準自我檢核，在職場上是相當重要的，才能提升敬業的高度以及工作所賦予的使命感。

在《領低薪，是因爲你不夠用心》一書中，作者提出了以下八點是對公司菁英人士的基本要求：

1. 虛心，你永遠是對的：虛心的人對自己一切敝帚自珍的成見，只要看出與眞理相衝突都願意放棄。虛心使人勇於承認錯誤、正確地面對批評、用積極化解抱怨。虛心的人能贏得團隊的尊重。

2.不找藉口，努力達成目標：「最優秀的員工是像凱撒一樣拒絕任何藉口的英雄。」不找任何藉口，當一個人把全部的精力傾心投注到一項偉大的目標時，他就會擁有巨大的力量，任何困難都將阻擋不了他取得成功。

3.不問薪水，沒人會虧待你：工作不必太計較薪水的多少，我們要看到比這份薪水更高的目標。工作本身所給予我們的報酬，例如發展我們的技能，增加我們的經驗，使我們的人格受人尊敬，都比追求薪水有意義得多。

4.事必做到細，勇於接受挑剔：注意細節做出來的工作一定能抓住人心，即使是最挑剔的老闆也會滿意。這種細心的態度，來自於敬業的精神和傑出的工作方法，它是使人獲得發展的營養品。

5.避免同室操戈，與同事和平相處：要想與同事融洽相處，我們就要將同事視為自己的朋友、自己的兄弟。只有這樣，我們才能從同事那裡獲得支持與鼓勵，也才能擁有輕鬆的工作環境。

6.和你的商品談戀愛，把你的客戶當朋友：客戶是「上帝」。一個全世界最頂尖的銷售人員所銷售的商品，不是商品本身，而是他自己。當客戶喜歡我們、了解我們之後，他才會開始選擇我們的產品。

7. 學會當領導者、主管，做「領頭羊」不做「離群狼」：一名出色的領導者，有統御下屬的能力。既能充分信任下屬，讓他們各盡所能發揮自己的才幹；又能有效地管理、領導下屬，以保證團隊在正確的軌道上運作。做「領頭羊」而不做「離群狼」，自己才不會受到孤立，才能得到下屬的尊敬。

8. 從對手那裡學習：眞正能成大事者，他們不只是把對手當作自己的敵人，他們時時刻刻把對手當作自己的夥伴，在競爭中提高自己的智慧與能力——借鑑對手成功的祕訣，在對手失敗處尋找機會，從對手那裡學習好的方法，以幫助自己達到目的。[12]

以上八點可看出要想成爲公司的菁英，「忠誠」的信念已經內化到實際行動中了。

⑫ 胡文宏、劉燁：《領低薪，是因為你不夠用心：帕雷托法則×鯰魚效應×AIDMA定律……職場八大守則，你做對了哪些?》，頁八—十一。

楊自強在《古人教你混職場》中也提到：把忠誠落實在行動上，其實就是三個「我」——

第一個我，叫「我明白」，就是在行動上與上司保持一致。

第二個我，叫「我可以」，就是在工作中體現出強大的執行力。

第三個我，叫「我願意」，就是把工作的事當作自己的事，心甘情願、充滿熱情地去做好。⑬

在職場上，態度很重要，其實每個人的聰明才智差別不多，只要態度對了，腳踏實地接受學習和訓練，謙虛地在團隊中與人共事，學習他人的優點，同時也低調的韜光養晦，往往就會得人緣，反而受到別人的敬重。

現今人們工作和生活的節奏非常快，立即行動就是解決拖延最好的辦法，才能完成團隊的進度。為了有效率的利用時間，提高工作效率，不耗損自己的精力，我們要做好時間管理，先做好規劃，排定處理的優先順序，才

⑬ 楊自強：《古人教你混職場：諸葛亮如何規畫「就職三部曲」？蘇東坡怎麼和同事婉轉say no？30則古代一哥的智慧絕活，帶你輕鬆走跳江湖！》，臺北：麥田出版，二〇二一年三月，頁二十六—二十七。

會事半功倍，條理有序。

除了把自己本份管理好之外，職場還有以下幾點重要的求生術，不得不戒愼恐懼：

1. 恪盡職守，愼重其事對待每一件份內的事。
2. 責有攸歸，屬於自己份內的責任絕不推卸。
3. 兢兢業業，善始善終，絕不敷衍塞責。
4. 不能因爲自己的節奏，影響團隊的進度。
5. 職場是工作的場域，老闆付薪水不是讓你來交朋友的。
6. 切記言多必失，職場沒有永遠的祕密。關好自己的嘴，不要口舌，自找麻煩。
7. 和同事間保持恰當的界限，建立底線，必要時要有委婉拒絕的能力。
8. 與時俱進，跟上時代變化的腳步。
9. 公私分明，公事公辦，不要把私人的情緒和情感帶到工作場域。
10. 有人就有是非，自己消化掉職場上的委屈，壯大自己。
11. 在分秒必爭的職場上，沒有時間溝通情緒，只能就事論事。
12. 低調謙虛，不居功、不張揚。

《紐約時報》專欄作家瑪希・艾波赫（Marci Alboher）的《雙重職業》（One Person/ Multiple Careers）一書提出了越來越多青年同時擁有多種職業與身分，於是有了「斜槓青年」的稱號。

曾在《嘉興日報》報業傳媒集團擔任副總編輯、中國地方都市類報紙十佳總編輯的楊自強，以其職場經驗對於維持本業與斜槓的平衡提出了他的看法——

1. **做強主槓才能發展斜槓**

千萬不要主業還沒有做出成就來，就匆匆忙忙去發展斜槓。只要主業做出成就來了，斜槓就會水漲船高。因爲你在主業形成的能力、知名度，會迅速讓你在斜槓上打開局面。

2. **斜槓最好能夠推動主槓**

如果主槓與斜槓是毫無相關，那你等於一個人在做兩件事，時間和精力就可能產生問題。但如果兩者能夠形成良性迴圈，主槓帶動斜槓，斜槓又反過來推動了主槓，那就事半功倍了。

另一方面，也要學會發掘斜槓與主業中重合的部分，特別是在斜槓職業中可以學到並能運用在自己本職工作性的技能、知識與視角，比如寫經濟時評，可以認清經濟去向、分析經濟現象、理清自己的思路、提高寫作的能力，這對於在機關工作的人來說·肯定會成爲獨特的優勢，幫助自己更好地應對本職工作。

3. **要有較強的自我管理能力**

懂得如何合理地分配時間、打理自己的知識體系、控制好自己的精力。同時你還要有投入產出比的概念，要記得評估一下，你在斜槓上投入的時間、精力、熱情，到底給你帶來了什麼？值不值得？爲斜槓而斜槓，就會把有限的精力分割成不同部分，而不能專一解決一個問題，很容易錯過職位上升的黃金時間。這，絕不是一個成熟的職場人該做的事。⑭

總之，莫忘初衷，斜槓最初的目的，並不是爲了要增加收入，而是希望藉由工作以外的身分體現你的多重身分，透過工作以外的時間，再利用自己的專業或興趣，豐富更精采而立體的人生。

我們每天至少工作八小時，工作占據了我們人生重要的地位與意義。適

⑭ 楊自強：《古人教你混職場：諸葛亮如何規劃「就職三部曲」？蘇東坡怎麼和同事婉轉say no？30則古代一哥的智慧絕活，帶你輕鬆走跳江湖！》，臺北：麥田出版，二〇二一年三月，頁二四五—二四八。

合自己的工作，不但能支持我們的生活所需、增長能力、帶來成就感，還能讓我們更有品質地享受人生，讓我們的生活充實而美滿，實現人生價值。

【問題與討論】

何飛鵬在《自慢：社長的成長學習筆記》中提到以下的重點：

1. 日文中形容自己最拿手、最有把握、最專長的事叫做「自慢」，餐廳中的招牌等，稱為「味自慢」，「自慢」這兩個字在形容自己的拿手與在行，自己最自信、最有把握的事。自慢哲學最核心的是：擁有一項自慢的絕活，只要我們擁有一種別人做不到，只有自己才會的專業，我們就可以靠此絕活安身立命。

2. 自慢絕活可以是一種態度：我對公司最忠誠；我工作態度最嚴謹、最穩當、最可靠、最積極；我可塑性最高、學習力最強；在組織中，我的人緣最好、合作性最佳。

3. 任何一種態度都是明顯的優點，都可以變成在組織中勝出的關鍵，前提是特色要夠明確，為人人所稱道。

4. 自慢絕活也可以是一種技術：財務的專長、行銷的專長、企業的專長；也可以是一種能力：電腦、語言、溝通、公關、廣告；甚至自慢絕活也可以是一種嗜好：高爾夫、網球、釣魚、登山、圍棋、美食、旅行……。

5. 技術與能力是工作上明確有用的專長；而嗜好則證明一個人多才多藝而有趣，是個性格鮮明、舉止出眾、特立獨行的人。

6. 成功的工作者包括幾個要素：工作快意、自在瀟灑；自我實現、傲人成就；收入豐碩、財富自由。

請認真思考你是否具有超乎常人，讓自己自信、自豪的自慢絕活？以及你未來的努力方向？

【延伸閱讀】

丁志達：《職場倫理》，臺北：揚智文化事業出版，二〇一四年十一月。

史蒂芬・柯維、西恩・柯維著，顧淑馨譯：《與成功有約：高效能人士的七個習慣》，臺北：天下文化，二〇二〇年十月。

李景志：《如何提高自己的工作效率：9堂課讓你效率加倍》，臺北：菁品文化出版社，二〇一七年五月。

松下幸之助：《松下幸之助成功語錄365天》，臺北：人類文化事業股份有限公司，二〇一八年十二月。
林育聖：《那些努力的事，就該成為故事：52封療癒信，寫給還沒下班的你》，臺北：二〇二三年四月。
武敬凱：《成人世界生存邏輯》，臺北：時報文化，二〇二三年十二月。
洪震宇：《精準敘事：12堂課掌握說真實故事的能力，把你的經驗和專業變成感動人心的內容》，臺北：漫遊者文化出版社，二〇二三年五月。
高原：《為何我們總是想得太多，卻做得太少：擊敗拖延、惰性、完美主義，讓行動力翻倍的高效習慣法則》，臺北：發光體出版社，二〇二〇年十二月。
堀公俊：《職場必備技能圖鑑：能力UP！薪水UP！一生都受用的50項關鍵工作術》，臺北：臺灣東販出版社，二〇二二年三月。
張心悅：《非暴力溝通の天使對話法》，臺北：大樂文化出版社，二〇二三年五月。
張文成：《墨菲定律：如果有可能出錯，那就一定會出錯》，臺北：幸福文化出版社，二〇二二年一月。
張忘形：《順勢溝通：一句話說到心坎裡！不消耗情緒，掌握優勢的39個對話練習》，臺北：遠流出版社，二〇二二年二月。
張敏敏：《拒絕職場情緒耗竭：24個高情商溝通技巧，主動回擊主管、同事、下屬的情緒傷害》，臺北：天下雜誌出版社，二〇二一年一月。
劉潤：《底層邏輯：看清這個世界的底牌》，臺北：時報出版社，二〇二二年三月。

人際關係管理

美國史丹佛大學研究中心的一份調查報告顯示：一個人賺的錢百分之十二．五來自知識，百分之八十七．五來自人際關係。①卡內基被尊稱爲成功學之父也說：「一個人事業上的成功，有百分之十五是由於他的專業技術，另外的百分之八十五主要靠人際關係、人脈資源和處世技巧。」②

健康的人際關係很重要。擁有正常而適當的社交會讓我們有幸福感；相反地，沒有社交圈的人，通常多是感到孤立無援，甚至被邊緣或排擠。特別是在這樣「一個人」的單身世代更需要正常互動的交誼網絡，否則很有可能被「孤獨病」③襲擊。因此，人際關係的管理就更顯得無比重要。

---

① https://www.eslite.com/product/1001120672472074：陳麗、何耀琴：《人脈存摺》，臺北：海鴿文化出版公司，二〇一五年十二月。

② https://www.eslite.com/product/10011869728356235623：賀斐：《你認識誰？決定你是誰？人脈經營黃金法則》，臺北：菁品文化出版公司，二〇二〇年四月。

③ 雖說孤獨本身並不屬於精神問題，但有研究指出，孤獨感會增加某些精神健康問題的風險，例如抑鬱症、焦慮症、自尊心低下、睡眠問題和壓力增加。外國亦有多項醫學研究指出，長期處於孤獨狀態，對身體各機能都有所影響。美國和英國的學者曾聯合進行一項涵蓋十八萬名成人的跨國研究，發現經常有孤單感的人，患上心臟病的風險較不感覺孤單的人高百分之二十九，中風的機率則高百分之三十二。研究同時指出，孤獨對心血管健康造成的影響，不亞於焦慮和長期處於充滿壓力的工作環境。英國心臟基金會（British Heart Foundation）亦指出，經常感到孤獨的人通常伴隨不良的生活習慣，例如煙癮，這也是造成心血管疾

《紅樓夢》裡的薛寶釵是中國古典小說中相當懂得「做人」的人物之一。曹雪芹在榮國府裡安排了複雜的人際環境。薛寶釵出身大戶，但她沒有千金小姐的驕氣，反而做事穩重、謹言慎行，也注意分寸，懂得遵守人與人之間必要的距離。賈母就曾當著眾人的面誇獎薛寶釵，說所有女孩們都不如她。

在第二十八回，賈寶玉與薛寶釵和王夫人談起林黛玉的病，寶玉說只要給他三百六十兩銀子，就能替黛玉配一料特效丸藥治病。王夫人不相信，寶玉便說寶釵的哥哥薛蟠也配過這方子，當下要寶釵作證。但寶釵卻連忙笑著搖手否認說她不知道，也沒聽見。薛寶釵對於她沒有證實或把握的事，是不會給自己找麻煩的，更何況是攸關金錢和健康的「藥方」，中間牽扯的問題太大。難怪王熙鳳要說薛寶釵：「不干己事不張口，一問搖頭三不知。」這其中便有對她懂事的讚嘆。

薛寶釵很能察言觀色，不僅能說會道，還能把話說到心坎裡，所以大家

病的原因之一。原文網址：孤獨病－長期忽略孤獨感增早死風險　專家指童年生活影響兒童性格－香港01 https://www.hk01.com/article/670429?utm_source=01articlecopy&utm_medium=referral

都喜歡她，擁有如魚得水的人際關係。

海明威有句名言：「我們花兩年學習說話，卻要花一輩子學習閉嘴。」會說話固然重要，然而，為人處世在適當的時機學會閉嘴又是另一種更高的境界。

薛寶釵除了講究分寸，也能在細節體貼，為別人考慮。有一次行酒令，林黛玉不小心說出了《牡丹亭》裡的一句「良辰美景奈何天」，細心的薛寶釵發現林黛玉的失言，並未當眾指出缺失，反而是等到事後單獨相處，才誠懇地勸說林黛玉要注意不妥之處。原本林黛玉對薛寶釵多有芥蒂，兩人也因此前嫌盡釋。

人際關係大師卡耐基曾說過：「一個人的成就，百分之二十取決於他的智商，百分之八十取決於他的情商。」而情商也決定一個人的人際關係。薛寶釵因為生在古代，女性的角色讓她不但偽裝自己，也費盡心思地迎合別人，她很世故卻也缺乏自我意識，那是傳統女性的悲情；身為現代人，我們必須不失本真地擁有自我意識，才能管理好情緒去包容和理解他人。

溝通，是人際關係很重要的一環。而對人的「稱謂」是談話的開端，也是溝通的重要開始。運用正確且合宜的稱謂，讓談話氣氛變得優雅，也容易達成目的，特別是在職場上。禮貌的用語也不可忽視，位階和輩分都是職場要考量的，千萬別自以為關係親近，就把「請」、「謝謝」、「對不起」、「麻煩你了」、「打擾了」等給忽略了。把基本的禮貌用語習慣掛在嘴邊，便能先把和對方的距離拉近；在對話的起承轉合中，適切運用「久仰了」、「請多指教」、「承蒙關照」、「託您的福」、「多謝厚愛」等，再加上專注的眼神和真誠的微笑，也會讓對方倍覺尊重，當然就容易達成有效的溝通。

我們常說「理直氣壯」，其實「理直」反而應該要「氣和」。今天若是別人犯了錯或不講理，你以生氣的態度去回應，傷害的也是自己，因為我們不該把快樂的鑰匙交到別人手上，特別還是惹惱你的人；我們反而應該以誠懇溫雅的態度，得理饒人，剛柔並濟，顧及對方的自尊心去解決紛爭。這是體現每個人的修養和格局。

據說有個年輕人想到愛迪生的實驗室工作，愛迪生問他有何發明的目標。年輕人自得意滿地說：「我要發明一種可以溶解一切物品的萬能溶液！」愛迪生故作驚訝回問：「那你要用哪種容器來裝這種萬能溶液呢？」年輕人面紅耳赤，啞口無言。愛迪生不直指年輕人的問題，反而藉著提問，委婉提出疑問，正言反出，讓年輕人自覺其荒謬性而主動打消念頭。

《三國志・蜀書・簡雍傳》紀載了這樣一則故事：三國時代蜀國遇上大旱，下令禁酒，就算釀酒的人也會有罪。官吏從民家搜得釀酒器具，正議論著是否應該把這些有釀酒器具的人也一起處罰。一天，簡雍和劉備同遊，眼前一對男女走過來，簡雍對劉備說：「他們就要做淫亂的事了，爲什麼不將他們綁起來？」劉備覺得奇怪，便問：「你怎麼知道？」簡雍說：「他們身上有行淫的器具，與在民家搜得釀酒器具是一樣的道理。」劉備聽了哈哈大笑，也就放了那些私藏釀酒器具的民家。

雖說忠言逆耳，但是生性幽默的簡雍面對不合理的政策故意藉題發揮，讓主事者領悟錯誤，也護衛了雙方的關係。

每個人有各自的專業，與人溝通也要學習以淺喻深，把難懂的事理、事物用普羅大眾易懂的比喻去說明，也能增加個人的人際魅力。有個學生問愛因斯坦，何謂相對論？愛因斯坦回答說：「你坐在一個美麗的小姐身邊一小時，覺得只過了一分鐘；但如果坐在熱氣逼人的火爐旁，只坐了一分鐘，卻覺得過了一小時。這就是相對論。」愛因斯坦用日常生活中的實例去解釋深奧難懂的理論，用最有效的語言，達到最好的效果。

在三浦將的《黃金好習慣，一個就夠》中提到：「許多人容易對溝通的前提有很大的誤解，那就是『以爲自己腦中的世界，和對方腦中的世界差不多』，每個人都有自己獨特的信念和價值觀，互不相同，基本上，應該沒有任何一個人和他人用同樣的眼光看世界。」[④]與人溝通，我們很容易會產生「我見青山多嫵媚，料青山見我應如是」的良好的自我感覺，因此，精準而有效的溝通就顯得相當重要。

在Dawna Walter的《生活管理NEWLEAF NEWLIFE》一書中提出了有效溝通的十大竅門——

1.直逼本源：千萬不要人云亦云。什麼時候都要直接溯本正源，永遠都能把握住形勢。我們都相信別人所說的事情，卻總是招致痲煩。

2.聽一聽人家說什麼：別一門心思聽從你內心的思想活動，要聽一聽人家在說什麼。別打斷別人的話，別替人家把話說完——這可不是什麼競賽活動。要保證你完全聽明白別人在說什麼。隨時請對方澄清，並重複一

④三浦將：《黃金好習慣，一個就夠：日本心理教練的習慣養成術》，臺北：今周刊出版社，二〇二〇年九月，頁二〇三。

遍你以爲所聽到的話。交談時做些記錄，提醒自己因此需要進行的下一步行動。

3. 設身處地地爲別人著想：總是設法從兩個方面觀察形勢。想一想導致某人採取特殊方法做事的各種環境，隨後想一想你要處在同樣的環境裡會怎樣辦。你也許會發現自己做出同樣的行動。如果不會，想一想你會怎樣對付同一局面，把你的個案表達出來。

4. 三思而言：別讓瞬間產生的情緒左右你，脫口說出你再也無法收回的話。說話是強有力的工具，能造成不必要的傷害。在你說出之前，讓自己有五分鐘，把腹稿打好，這樣就會表達得積極主動，達到最佳效果。

5. 不要務必取得最後決定權：有意識地練一練，不要總是做最後決定，實踐產生完美。

6. 別含糊其辭：讓自己生活在此時此刻。如果你聽清楚了人家所告訴你的內容，複述一下，當作字面的意義接受，別總想打斷別人正在思考的東西——你沒法進入人家的腦袋，那只會導致各種誤解。

7. 盡可能親自面談：如果你有什麼難言之事要討論，最好的方式是面對面，別躲在電腦螢幕後操縱，別打什麼筆仗。這只會把事情搞得更壞。

花時間安排一次一對一的會見。與人家說話要直視對方的眼睛。盡力別感情用事，堅持按實際情況把問題解決。

8. 簡明扼要：不管在電話上說話還是寫信，都要盡可能簡潔。把所有相關的細節寫上，你打算採取什麼行動，你需要結果的日期。如果日期過了沒有回答，再打電話或者寫信。對你所有的行動都要記下來，包括日期和時間。

9. 積極主動：不管回電話、寫信還是和別人面談，一定要保持興致，積極主動。這在任何情況下都能大大改變了結果。積極的能量可讓最困難的局面一一化解。總把結局想像得光明一些，你會發現事情會進行得更加完美。

10. 該放手就放手：在悠悠生命中，有些事情並不怎麼重要。別積怨。一旦你把想法交流出去，向前看。幸福、健康和心安理得，這一切真的很重要。⑤

---

⑤ Dawna Walter：《生活管理NEWLEAF NEWLIFE》，香港：三聯出版，二〇〇三年五月，頁五十—五十一。

想要能夠順暢地溝通，首先要學會好好「聆聽」。當我們懂得聆聽，適時提問，接收足夠的資訊，就比較能站在對方的立場、試著體會對方的心情。

在人際交流中要把握好分寸，不能越界。傾聽要守口如瓶；建議要中肯實在，也不要硬要對方執行，彼此尊重，避免雙方尷尬。有「界限感」的人才是在社交中受歡迎的。

《黃金好習慣，一個就夠》中提到「聆聽」的六點基本原則：

1. 製造讓對方容易傾吐的氛圍：正式進入主題前，閒聊一下共通的話題；身體稍微往前傾，也會讓對方接收到你想聆聽的態度。

2. 笑容：是人類獨有、世界共通而且無敵的溝通方式。

3. 點頭稱是：可以讓說話的一方感受到「對方正在聽我說話」；還可以配合對話的節奏，簡單回應「嗯嗯」、「然後呢」、「原來如此」。

4. 重複的技巧：例如對方說：「我那個時候很辛苦。」而你回答：「眞的很辛苦。」這種帶有同理心的回應，就能取得對方的信任。

5. 對對方的談話內容感興趣：透過肢體動作、眼神、姿勢等非語言的溝通，顯露在外，當對方感受到這些非語言的訊息後，自然更願意表露自己。

6.不要打斷對方說話：搶話，會明顯削弱對方說話的意願；等對方暢所欲言之後再說，這樣溝通才會比較有效。⑥

養成聆聽的好習慣，不管在生活中或職場上都能在群體中有很棒的人際關係。

溝通不是「說服」，說服會有種被強迫接受的意味，所以要認眞聽對方說話，而且是要好好說話，不然就只是在表達意見而已；溝通也不是爭個你死我活的輸贏，反而是更加了解彼此的重要過程。

法國大文豪雨果說：「語言就是力量」在當今瞬息萬變的社會中，人與人的接觸日益頻繁，人際網絡更形複雜，說話便成了一門非常重要的學問。如何運用說話的藝術，做有效的溝通，圓熟練達地處理繁雜的人事物，是現代人極爲重要的課題。

與人談話交流，有不少細節需要注意。子曰：「可與言而不與之言，失

---

⑥ https://www.businesstoday.com.tw/article/category/80407/post/202009180020/

人；不可與言而與言，失言。知者不失人，亦不失言。」這段話的「可與言而不與之言，失人」，就是說：人海茫茫，遇到可以交談的人，卻不與他交談，就是錯失了交談的機會。既然是可以交談的人，也就是對方身上有值得學習或取經之處，有的人往往因爲害羞不敢跨出那一步，失之交臂的可能就是改變人生的機會；而「不可與言而與言，失言」，指的是對他人說了不該說的話。所以，聰明的人應該掌握可以交談的人與機會，而且也要注意不該說出「交淺言深」的冒失的話。

在《每一天的街頭冒險》中作者爲了鼓勵更多人主動接觸陌生人，她統整出五個練習：

1. 看人：仔細觀察，從細節找出「話題」——找一個可以逗留、悠閒觀察人的地方，仔細記錄這些人的長相、穿著；他們在做什麼事；大家如何互動。寫下那些你覺得可能有值得發掘故事的陌生人，並附註你的假想判斷的依據爲何？這些問題會變成以後你遇見陌生人的開場白和話題。

2. 眼神接觸：排除「不想和你聊天的人」——社會學家高夫曼（Erving Goffman）的研究指出，一個人如果願意互動，他會在兩人走向彼此時，把目光短暫移到潛在的互動對象上，然後暫時停留。這個凝視傳達了兩個意思：「你是友善的人嗎？我是。」所以，可以練習，選一個人多的地方走路，並和途中遇到的每一個人打招呼。試著看對方的眼睛，觀察每個人不同的反應，累積經驗後，就能在任何場合找到願意和你交談的陌生人。

3. 迷路：練習要電話，鍛鍊「厚臉皮」——準備紙和筆，找到一個肯和你交流的人，和他說你迷路了（要慎選起點和目的地。目的地不能太容易到達，也不能太難解釋）。然後詢問他是否願意幫你指引方向。有的陌生人可能會叫你自己查google地圖，此時你必須表現出非常需要實際指示的手繪地圖。花時間畫地圖或寫路線其實非常煩人，但這項測驗就是要逐漸提高煩人的程度，來強化你的臉皮厚度。

4. 問問題：藉由「私人問題」，練習「聆聽」——帶上智慧型手機，說明你現在正在做實驗或計畫，想辦法讓陌生人卸下心防，讓你問一個私人的問題。如果對方希望你說具體一點，就在不提供任何標準答案範例的前提下回應對方。你的任務就是「聆聽」，如果這個人很健談，你可以繼續多問點，但不要過於急躁。讓對方自己填補沉默，這種瞬間，通常都會有神奇的事情發生。

5. 優雅脫身的藝術：高夫曼研究美國人的互動發現，互動中的兩人距離不會少於〇．四五公尺，不超過一．三五公尺。要拿捏好遠近，才能往外踏出互動範圍，或是避免眼神接觸。當你送出訊號時，對方確實收到了，他就會終止互動，或是做好劃下句號的準備；但若有些人接收不到這樣的訊息，通常只需要一個友善的說詞：「很高興和你說話。」就能眞誠而溫暖地終止對話。通常要由開啟話題的人終結話題是比較有禮貌的。⑦

當我們慢慢練習可以和陌生人展開話題，幾次之後就可以自然地與人交流。但如果是因爲工作關係必須要到不熟悉的社交場合應該要怎麼辦呢？在《順勢溝通》中作者提出以下六種方法：

1. 心理建設：很認眞地告訴自己，現場都是好朋友，沒有敵人，大家都同我一樣，只是害怕而已。
2. 找安全感：克服緊張或害怕的心情後，我會先找到邀約我的人，與他聊

---

⑦ 綺歐．史塔克（Kio Stark），陳冠甫譯：《每一天的街頭冒險》，天下TEDBOOKS，二〇一六年九月。https://readmoo.com/book/210066414000101。

聊天。先從熟悉的人開始，讓自己能夠融入環境。接著，我會請他幫我隨意介紹一個朋友。

3. 開始聊天：沒能在社交場合找到聊得來的人並不代表聊天失敗，只是剛好對方不想聊，或是沒有緣分而已。

4. 選擇話題：社交場合的談話，大家通常會先從交換一些資訊開始。我覺得在這一步，最重要的是找到某些共通點，或是能深入的話題。可以就社交場合的主題來開啟談話。請記得找正面的話題。

5. 做個好球：當我們進入和對方聊天的狀態時，對方當然也會希望話題能夠延續下去。因此，如果是由對方開口問了我們一些問題，除了回答之外，我們也可以多一些敘述。

6. 轉換焦點：如果發現自己聊得太深入了，請記得把發言權轉換到對方身上。

書中還提到如果在社交場合中想結束話題最簡單的就是說要去拿飲料或食物，晚點再聊就好了。而如果是不能移動的場合，就禮貌地說要回一下客戶訊息，或是出去打個電話，基本上都能夠讓話題中斷一下，給彼此一個空間。⑧

在人際關係裡掌握好「分寸感」是很重要的。特別是在社群網路的時代，更不要隨意用「文字」去干涉或介入別人的人生，要掌握好「三七定律」——三分建議、七分尊重；金庸在《書劍恩仇錄》裡所提到的「情深不壽」指的就是太過於投入或過於執著的感情都難以長久。「過」眞的是在人際關係中要格外注意的。「過」，就會越界，會太用力，關係就會緊張，無法放鬆。想要人際關係能夠維繫，就要學會彼此尊重。

自己在內心也可以設定好親疏的關係，把人際關係做好劃分——家人、伴侶、親戚、知己、普通朋友、事業夥伴、普通同事、陌生人，就可以分配什麼關係投入的時間和心力，才不會因爲親疏不分讓自己內耗，得不償失。

「當我們很清楚每個人的關係位置在哪邊的時候，其實就不需要猶

⑧ 張忘形：《順勢溝通：一句話說到心坎裡！不消耗情緒，掌握優勢的39個對話練習》，臺北：遠流出版，二〇二三年二月，頁二四五—二五〇。

豫。當我們如果對每個人都做到眞正的一視同仁，這樣不是對和我們比較親密的人不公平嗎？我一直覺得，雖然人無分貴賤，但在我們的心目中一定有分等級，請記得把時間和心力留給我們眞正重視的人。」⑨

面對不同的人以及處於不同的環境，要掌握好人我的關係與交情，很多人把好脾氣與耐性留給工作場域；回到家，卻把不耐煩和任性給有血緣或包容你的家人，這是很不智的。所有的情感和關係都會在不用心中一點一滴的耗損。

二〇一八年六月號的《經理人月刊》中〈主題學習：重新定義成功學〉一文中提到——

> 刻意用「只結交對自己有利的朋友」爲出發點，很快就會被別人識破，因爲沒有人喜歡被利用的感覺。華頓商學院教授亞當．格蘭特（Adam Grant）認爲，貴人或投資者會支持你，取決於：「成爲對別人有價值的

⑨ 張忘形：《順勢溝通：一句話說到心坎裡！不消耗情緒，掌握優勢的39個對話練習》，臺北：遠流出版，二〇二三年二月，頁五十六。

人，才會吸引人脈向你靠攏」。因此，人脈不是主動求來的，而是被你的專業吸引來的。⑩

堀公俊在《職場必備技能圖鑑》中提到想要建立對等而能共同成長的人脈，必須掌握以下幾個技能：

1. 建立關係

有許多場合可以開拓人脈。如果只是想結識更多人，善用異業交流會和社群網站是很簡便的方法。不過，並非認識的人越多越好。要認眞建立關係的是關鍵人物和樞紐人物。爲此，研討會，學會等的學習場合，或是志工或社區活動等共同努力完成一件事的場合很適合。

初次見面的第一印象很重要。因爲初期效應的作用會一直持續，影響到日後的評價和判斷。因此包括外表在內，都要在不過度誇飾的範圍內演出自己。自我介紹也要事先想好，否則無法順利打動人；反之，對方演的成分也不少。必須小心由外表、經歷等產生的月暈效應⑪。

---

⑩《經理人月刊》，二〇一八年六月號，第一六三期，https://readmoo.com/mag/58/vol/163。

⑪「月暈效應」，就是俗語說的「以偏概全」，它還可以衍生出「投射作用」和「刻板印象」。

2. 維持關係

關係的維持比開拓要費工夫。首先，要勤於聯絡，迅速回對方的來信或來電。如果能定期性地多次會面最理想。因爲單純曝光效應會起作用，使好感增加。此外，並肩而坐，找出共同點、注意變化、一起用餐的行爲，對增加好感也有幫助。

最好的是幫忙做一些事。可以的話，盡量主動攬下令人反感的差事、提早取得成果。因爲可以讓對方知道自己的能力。對方接受了這樣的好意，互惠性就會起作用，想要予以回報。

從自己的人脈中介紹一位特別的人物給對方認識也是個好主意。是這種實際行動的積累拉近了彼此的距離。以對方的角度去思考自己可以做什麼很重要。

3. 深化關係

建立牢固的情誼必不可少的是自我揭露。一旦說出無法向人吐露的煩惱和祕密，對方就會認爲那是自己受到信任的證明。因爲互惠性的作用，對方也會試圖做同樣的事。於是互相敞開心扉，使得信任逐漸加深。要做到這一步，私下的交往很重要。

另一個很重要的是互助的經驗。在對方遇到困難時伸出援手，自己需要幫忙時則尋求幫助。有借就要有還。不能立刻還的話，就要花些時間一點一點償還。若不是互相幫助的對等關係，無法久長。為此，最好的就是共赴艱鉅任務的經驗。

必須思考的是「我能夠為他做什麼」，而不是「他對我有什麼幫助」。能互相為對方「拔刀相助」的關係才是真正的人脈。

4.自我淬鍊

能否建立好的人脈網絡，最終取決於自己。既無權力又不具聲望的話，唯有靠人的魅力來吸引大家關注。無止境地持續挑戰；堅持不懈地學習和工作；總是想著要對人有所幫助。若不具備這種能把人吸引過來的魅力，沒有人會願意靠近。

工作能力也是一大重點。畢竟，幫助一個沒有能力幫助你的人，也不能指望他回報。具體來說，如擁有最尖端的資訊、別人模仿不來的技術、留下了不起的成就。

最重要的是好好鍛鍊自己的能力，提升個人魅力，擁有自信。若能如此，關係肯定會自然擴大。這正是所謂的「物以類聚」。⑫

很多人爲了創造人脈、資源，常把時間花在無謂的社交應酬上，同時也減損了提升自我能力的精力。社會很現實，某個層面來說就是資源互換，花時間投資自己才是最實在的，因爲「花若盛開，蝴蝶自來」；況且公司是請你來解決問題與創造利潤的，並不是讓你來交朋友的，因此，在職場人際方面，要努力提升與工作夥伴團隊合作的能力。

很多人在社交場合上，一見到位高權重的人物，礙於壓力不敢上前交談；就算能說上了話，也因爲緊張而說得沒有條理或有趣，失去了寶貴的機會。《29張當票：典當不到的人生啟發》⑬的作者秦嗣林認爲，面對有權勢地位、功成名就的人，很容易覺得對方是神，使得自己變得卑微。其實他們也都有高低起伏、七情六欲，基於這一點大家都是平等的。看清了這點，比較容易抱持不卑不亢的態度，向他們介紹自己、提出問題，跨出破冰的第一

⑫ 堀公俊：《職場必備技能圖鑑：能力UP！薪水UP！一生都受用的50項關鍵工作術》，臺北：臺灣東販，二〇二二年三月，頁二二四－二二六。

⑬ 秦嗣林：《29張當票：典當不到的人生啟發》，臺北：麥田出版社，二〇一二年一月。

步。

且看他是怎麼介紹自己的，秦嗣林會告訴別人認識他的好處，是這輩子撿到一張永遠的保證書、貴賓卡，他可以幫你鑑定寶物，甚至估算價格。「認識我是加分，加幾分？加四個零，因爲我是秦嗣林。」名字，是每個人的標誌。如此用心強化自己的名字刻印在對方的印象記憶中，是很聰明的做法。

訓練自己說故事的能力，也能促成有效的社交。秦嗣林是個很會說故事的人，他曾說：「說故事是我最喜歡的溝通工具。」他表示在追求效率的現代世界，不少人總是直接利用說理來達到目的，認爲說故事得花大把時間，沒什麼效率。對他而言，故事反而是更好的社交與溝通途徑。

秦嗣林是個很有舞臺魅力的人，上臺說話時，想要讓人留下記憶點，最重要的是要投聽眾所好，而交集點是聽眾的「利益」。秦嗣林認爲清楚這一點，再結合自身擁有的優勢，並把話題帶到可以帶給聽眾什麼好處，分享給聽眾，就能吸引聽眾注意。他解釋，面對不同的聽眾，他會依照不同的對象著重不同的重點。換個角度說同樣的故事，就能打動不同族群。

以他最常講的《29張當票：典當不到的人生啟發》中〈阿嬤的手尾

錢〉爲例——

一九七一年的一天清晨，有位陳先生提著一個手提包來典當，一拉開拉鍊裡面是滿滿的現鈔，共二十萬元，他來卻是要當這包錢。秦嗣林傻了，生平第一次遇到有人帶著「錢」來當「錢」。一問之下，才知道是阿嬤留給他的手尾錢。

臺灣民間有個風俗習慣，老人家在去世之前會像過年發紅包一樣，發給每個晚輩一筆錢，做爲紀念和保佑後輩財源滾滾，這就是「手尾錢」。眼前的陳先生因爲投資失利想藉由賭博翻身，結果沉迷賭博，負債累累。被親戚避之唯恐不及的他，最後只剩下寵愛他的阿嬤的資助。

阿嬤臨終前，留了最後這一筆錢，希望他能找一份正經的工作重新做人。終於戒賭的他想做一筆小生意，卻不願花掉阿嬤對他的期望，而存進銀行再提領出來，也不會是原本阿嬤留給他的這一些鈔票。因此陳先生才前來以「錢」當「錢」，希望未來能夠贖回去。

秦嗣林解釋，同樣的故事當他在面對「退休人員」和「金控公司的經理人」演講時著重的點就不同，前者重在「溫情」——阿嬤永遠都不放棄他的孫子，臨終前還希望他能夠浪子回頭。這能勾起老人家對晚輩期望的共鳴；

後者則把焦點放在「理財」——陳先生不懂理財投資才會把自己的人生搞得一蹋糊塗。這能引起經理人的共鳴，特別是和陳先生一樣經歷過「雷曼兄弟金融風暴」的人。像這樣先抓住聽眾的特質和需求，同樣的故事情節也能翻玩出嶄新的樣貌。⑭

因此，看對象說話，也是人際關係裡「識時務」的展現。

「人外有人，天外有天」，與人交流要懂得謙虛，要知道強中更有強中手，成熟有料的人更不會自滿自誇，懂得謙虛的人，在生活和職場上較能如魚得水。

少年成名的蘇東坡，有一次去拜訪王安石，正好遇到王安石午睡，便被請到書房等候。他看到書桌上，有一首〈詠菊〉，但只寫了前兩句：「西風昨夜過園林，吹落黃花滿地金。」

蘇軾看完笑了起來，心想：菊花最是耐寒，到了秋天，就算凍死也只是

⑭ 楊修：〈不卑不亢的態度，是成功破冰的祕訣！一位當鋪老闆的社交筆記〉，《經理人》，二〇一六年九月二日。https://www.managertoday.com.tw/articles/view/53148

乾枯，花瓣是不會掉落的。於是拿起筆接續了後兩句：「秋花不比春花落，說與詩人仔細吟」。

王安石醒來後看到蘇軾寫的這兩句，心想：蘇軾沒見過菊花凋零滿地的景象，竟還反過來教育他。此時蘇軾正因「烏臺詩案」被貶，宋神宗尚未決定要把他貶到何處，王安石便寫了奏章，建議皇帝派他到黃州當團練副使。

蘇軾到了黃州，一年秋天，大風颳了一夜，醒來見到滿地的菊花花瓣，才了然王安石讓他到黃州任職的用意。

這個事件告訴我們千萬不要自傲，世界很寬很大，永遠有你不曾見識過的事物。

自二〇一九年末至二〇二三年二月一場新冠肺炎疫情，被要求保持「社交距離」，三年多來的「口罩」把人的距離拉遠，甚至不少人產生了社交障礙。隨著疫情過去，世界依舊運轉，我們要努力再把自己的社交能力找回來。

有效的社交會讓我們成長茁壯；相反地，無效的社交是在自我內耗。我們的時間很寶貴，不要花時間在難以溝通、不守時守信，或目前的生命階段價值觀不契合的人身上，把這些節省下來的時間和金錢，才能讓自己遇見可以一起勉勵前行、眞誠爲彼此開心祝福而不嫉妒你的成就的朋友。

爲了課業和工作順利、家庭和諧、情感交流美好，我們還是需要社交，高等教育的臨床社會工作者史蒂芬妮．艾茲蕊（Stephanie Azri）提出了內向與外向者都適用的社交指南：

1. 不要老是拒絕邀約：偶爾要答應一些邀約，如果你不得不回絕，可以先感謝對方的邀請，並讓他知道下次你很樂意參與。
2. 練習一些社交的開場白：參加活動前先列清單，記住內容。練習簡單的自我介紹，也問問對方的來歷，這就是社交技能。技能是可以練習的，而且熟能生巧。
3. 設定活動目標：事先思考爲何要參加那場活動，給自己參加活動的理由與動機，當下就不會感到焦慮，無所適從。
4. 做好準備，休息一下：如果你眞的有社交障礙，覺得社交活動很累人，可在活動前充分休息放鬆。活動當天，在你回到派對現場前，如果你需要在花園裡散步、欣賞裝飾，那也是有助紓解壓力的。
5. 穿戴一件引人注目的東西：一個吸引人的裝飾有助於打開話匣子，因爲別人可能會讚美或評論那個東西，有助於你的自我介紹，你可以反過來稱讚對方的穿搭，雖是場面話，但有助於紓解一開始的尷尬。

6.帶朋友同行：讓朋友知道你需要他的陪伴，以及他可以怎樣幫你，相信彼此都能輕鬆自在。

7.不要只談論自己：沒有人喜歡愛現的人，所以不要霸占說話的時間，要練習取捨，和別人一起分享鎂光燈。一個簡單的練習是：每次有人問你一個問題時，你也問對方一個問題。

8.知道何時該道別：不管你是太累、覺得無聊了，還是把別人累壞了，你都需要知道何時該道別。事實上，享受一半的美好時光，比從頭到尾強顏歡笑更好。[15]

總之，誠實的忠於自己、尊重與他人的差異、充分的溝通與適當的妥協，就能有愉快而良好的人際關係。

⑮史蒂芬妮·艾茲蕊著，洪慧芳譯：《啟動你的韌性開關：十二道練習給情緒正能量，讓內在更強大》，臺北：馬可孛羅出版社，二〇二二年三月，頁一二〇－一三六。

在《經理人月刊》〈主題學習：重新定義成功學〉一文中還提到在職場中，想提升職涯發展，可鎖定三種人際連結：

1. 盟友：你們雙方有類似的興趣、願景，關係親密，經常交流諮詢，算是「強連結」。
2. 弱連結：新資訊的橋梁，互動不多，但維持友好的關係，能獲得許多寶貴的經驗，甚至是工作機會。
3. 朋友的朋友：領英（LinkedIn）創辦人雷德・霍夫曼（Reid Hoffman）舉例，他每天都會收到其他創業家的信，通常不會引起他的興趣，但如果是由原本信賴的人介紹，他就會想進一步了解。因爲有他人引介，雙方會站在互信的基礎，也才有認識的意願。⑯

除了朋友與同事「強連結」的人際關係外，和你接觸頻率較低、看似沒有利益關係的「弱連結」也有可能帶來機會，因爲偶遇的人多是不同的領域，而不是「強連結」的同溫層關係，因此，「弱連結」可能可以提供你所欠缺的訊息，也能在生活上獲取新知，或工作求職提供新機會，擴展生活

⑯《經理人月刊》，二〇一八年六月號，第一六三期，https://readmoo.com/mag/58/vol/163。

圈。所以，打開胸懷向外溝通，結交朋友連結資訊，往往在社交上會有「蝴蝶效應」的意外收穫。然而「在弱連結的人際關係中，費盡心思討人喜歡，很可能會自討沒趣。所以不如『修練內功』擺脫內心貧瘠，提升專業能力，賺取社交籌碼，要麼有趣，要麼有用，最好兩者兼具。」⑰

安藤美冬在《離線練習：每個月關掉手機一次，就能改變人生》中告訴讀者要「藉由『不連結』進而『連結』到眞正重要的人事物。」⑱

英國暢銷作家理查・譚普勒在：《人際的法則：一點就通，連難相處的人都可以應對》中提到人際交往就是認知作戰！要認知相同，相處起來才不會累。只要能洞察人們行爲背後的原因，採取適當的應對，就較能處理他人的負面行爲，爲陷入僵局的人際關係找到解套。

這本書的人際法則，能幫助我們解決相處上的認知關鍵，例如故意刁難

⑰ 梁爽：《當你又忙又美，何懼患得患失》，臺北：方智出版社，二〇二〇年一月，頁一四五—一四八。

⑱ 安藤美冬著，林美琪譯：《離線練習：每個月關掉手機一次，就能改變人生》，臺北：幸福文化出版，二〇二一年五月，前言，頁五。

你的人、對你有偏見的人，務必看清楚，那是他的問題與情緒，不是你的；欺負你的人，是因爲對方自卑懦弱；控制狂讓你抓狂，就拒絕他們的要求；對你吼叫的人，你只要認眞傾聽；情感勒索你的人，不必對他負責；裝可憐的人，不要同情他；面對被動攻擊型的人，你不要有罪惡感。面對自我爲中心的人，你要先保護好自己；故意隱瞞的人，要忽略他給的線索；遇到輸不起的人，千萬別跟他們比。

作者在書中更進一步告訴讀者：

1. 明白「沒人必須喜歡你」：當某人讓你忍無可忍時，選擇批評他們很容易，卻無法改變什麼。事實是，即便你不喜歡，也不代表他是錯的。他和你只是類型不同而已。

2. 懂得「聽出言外之意」：表面問題掩蓋更深層的矛盾。一旦你意識到問題依舊存在，只是換一種方式出現，就該警覺到，你還沒找到眞正的問題。

3. 「練習寬容」釋放自己：與觀點不同的人討論問題時，錯誤的做法是與他爭辯，好的做法是接受對方，而最有效且最難做到、但值得一試的方法就是：忽略問題。⑲

魔鬼藏在細節裡，待人接物一定要顧及人情、人性和人心。

在《戰國策・中山策》「中山君饗都士」的故事中講到：中山國君設宴款待國都的士人，大夫司馬子期也在其中。中山君分送羊羹給每一位士人，卻陰錯陽差獨漏了司馬子期。司馬子期一氣之下就跑到楚國去了，還說服楚王攻打中山。正當楚國攻打中山，中山君逃亡時，有兩個人拿著武器跟隨在中山君身後，中山君回頭對這兩個人說：「我並不認識你們，爲何你倆對我如此忠心？」二人回答說：「我們的父親有一次餓得快要死了，君王您賞了一壺熟食給我們父親吃。父親臨死時交代說：『若中山君有了危難，你們一定要爲他效死報恩。』於是，我們特來爲您效命。」中山君仰天長歎說：「施與不在多少，而在於是否是當値人家困難的時候；仇怨不在深淺，而在於是否傷了人家的心。我因爲一杯羊羹亡國，也因爲一壺熟食得到兩位爲國

⑲ 理查・譚普勒（Richard Templar）著，李曉暐譯：《人際的法則：一點就通，連難相處的人都可以應對》（The Rules of People: A personal code for getting the best from everyone），臺北：日出出版社，二〇二一年八月。https://www.eslite.com/product/1001268452682052781007

效死的勇士。」

從這個歷史經驗得知：世上最難得和最難懂的就是人心，人心是極其脆弱，也極易動搖的，所以，我們在處理任何事情時，不論大小，都要盡量謹慎顧全到人的心情、面子和裡子，讓人心悅誠服，才不會造成人際關係的問題。

林萃芬在《從說話洞察人心：摸透對方心理，把話說得恰到好處，輕鬆駕馭人際關係》提到：「從一個人的『說話語言』，可以細細聽出許多心理線索，有助於走進對方內心世界，進行深度的溝通。」[20]她認為想要人際互動順暢，先了解自己的「說話風格」是很重要的，清楚自己的說話風格和效果後，自然能夠使用適合的語言，達到良好的溝通效果。「人與人之間的相處，很像在打乒乓球，每個人都有自己的習慣的『溝通球路』，如果能夠熟悉自己與別人的溝通模式，互動起來自然更得心應手。」[21]

⑳ 林萃芬：《從說話洞察人心：摸透對方心理，把話說得恰到好處，輕鬆駕馭人際關係》，臺北：時報出版，二〇二二年四月，自序。

㉑ 林萃芬：《從說話洞察人心：摸透對方心理，把話說得恰到好處，輕鬆駕馭人際關係》，頁二十九。

要建立健康而長遠的人際關係，要學習聽懂別人的弦外之音，不僅要同理別人的感受，也要照顧好自己的心情，恰到好處不委屈自己。因爲委屈而來的關係是不會長久的。

西方現代人際關係教育的奠基人卡內基在《卡內基溝通與人際關係》中介紹了每個人一生中必須掌握的人際關係與溝通技巧——待人處世的基本技巧；如何讓人喜歡自己；如何讓他人接納自己的想法；如何在不招致反感的情況下改變對方；如何化敵爲友；如何營造圓滿家庭生活。以上幾點都是要用心學習的，因爲打好人際關係，取得他人認同的溝通能力，建立優勢，才能迎向幸福的人生。

舉例在《超譯卡內基：溝通與人際關係的181則箴言》書中提到的箴言：

1. 人類是一種感性的生物：依邏輯思考、憑感情行動，人類終究是一種感性的生物，若要促使他人行動，就必須先理解這一點。㉒
2. 不傷害對方的自尊心：如果希望獲得對方的協助，就必須更加謹言慎

㉒ 戴爾．卡內基著，羅淑慧譯：《超譯卡內基：溝通與人際關係的181則箴言》，臺北：遠流出版社，二〇二〇年八月，頁二十。

行，避免傷害到對方的自尊心，不要脅迫對方去順從自己的要求，反而要去滿足對方的自尊心，展現出你期盼獲得協助的誠懇態度，肯定能讓彼此的合作更加愉快。[23]

3. 不試圖讓對方承認錯誤：如果你試圖透過口舌之爭使對方承認錯誤，終究會徒勞無功。對方可能因為自尊心受創而變得執拗；你也會得不到對方的好感，反倒失去自己的聲望。[24]

4. 每個人最關心的都是自己：比起等別人來關心自己，去關心別人更加重要，即使你試圖博取對方的關心，最終也未必會有任何效果。因為人們最關心的就是自己。如果你不打算關心對方，對方又怎麼可能會關心你呢？[25]

5. 對他人抱持純粹的關心：如果你老是只考慮自己，關心對方的動機不夠單純，就無法建立良好的人際關係，也就無法預見成功。[26]

㉓ 戴爾．卡內基著，羅淑慧譯：《超譯卡內基：溝通與人際關係的181則箴言》，頁二十四。

㉔ 戴爾．卡內基著，羅淑慧譯：《超譯卡內基：溝通與人際關係的181則箴言》，頁二十五。

㉕ 戴爾．卡內基著，羅淑慧譯：《超譯卡內基：溝通與人際關係的181則箴言》，頁七十二。

㉖ 戴爾．卡內基著，羅淑慧譯：《超譯卡內基：溝通與人際關係的181則箴言》，頁七十三。

想在職場上生存除了自己的實力以外，拓展人脈也是很重要的，但想要讓自己擁有人脈，必須在求學階段就要累積實力，「知識就是力量」，堅持而努力的學習，能讓我們培養自信心；大量的閱讀並與人際交流、傾聽，就能了解別人的需要、渴望，且回饋適當的反應，便能增進溝通能力。

網路時代人際相對冷漠疏離，學習適時讚美他人，同時也把握每一個能夠伸出援手的機會，創造自己被需要的價值，人脈網路也就能因此而拓展。我們都希望在職場上有貴人相助，但如果能先反求諸己，讓「有價值」的自己先成爲了別人的貴人，在「物以類聚，人以群分」的狀況下，你的能力和資源，也會有別的貴人來發掘你。

一勢諮詢聯合創辦人、一帶一路人資專家、兩岸人力資源專家——黃至堯綜合過往二十年的閱人經驗，他有一個獨特的思維——想把貴人吸引到自己身邊，就得先讓自己看起來像貴人。他認爲：認眞對待每一件事情，貴人就會來了。

黃至堯曾想將黃柏翰「獵」到一家公司沒談成，後來雖然黃柏翰去了另一家知名大型集團的戰略投資部，但這位年輕人的人格特質，卻讓他留下了深刻的印象。之後，黃至堯接下一個公益課程項目。因黃柏翰在亞洲各地有豐富的項目實戰經驗，於是就請黃柏翰提供建議和看法。雖然彼此不熟，但黃柏翰除了給予許多寶貴的建議，還主動提出可以連線互動，一起修改企劃書。其實對專業人士來說，時間就是金錢，願意撥出時間非常難能可貴。後來黃至堯又從其他人口中得知，黃柏翰一直以來都是充滿熱情、重誠信，並樂於助人。和黃柏翰較熟的學弟妹或朋友，在遇到職涯選擇、出國念書、海外就業等，總是第一個想到他。

之後，黃至堯擴大職涯版圖，新事業的第一個念頭，就找上「不管有償無償，把事情做好」的黃柏翰合夥，黃至堯反過來成了黃柏翰的貴人。也因爲過去樂於助人所累積下的人脈，讓黃柏翰的新創事業非常順利。

想要贏得他人的好感，黃至堯歸納出兩個重點：

1. 讓對方「自我感覺良好」。有三個訣竅：

(1) 聆聽：眼神要互動；用「是」、「對」回應對方；重點部分要附和並表達認同。

(2) 懂得讚美。

(3) 要有同理心：想對方所想的事情，說對方關心的議題，進一步認同對方所提出的觀點並感同身受。

2. 讓對方喜歡我們。要具備四種心態：

(1) 樂觀正面、熱情洋溢：我們用什麼心態看待事物，是一種選擇。當然，還要時常保持微笑、有禮貌，因爲這些都是傳遞「我歡迎你」的良性微波。

(2) 懂得感恩，以禮相待：創業之前，黃至堯曾任職104人力銀行，能加入104，也是先讓自己的一舉一動「看起來像貴人」，最後眞的讓一位陌生人、104人力銀行董事長楊基寬成爲自己的貴人。

他受邀到一場小型座談會分享HR經驗，活動結束後，大家都走了，在沒有任何人要求幫忙的情況下，自願一人收拾摺疊椅，因爲感恩主辦方給他上臺的機會。

離開會場、準備按電梯下樓時，突然發現後方站了一個人，就主動詢問對方是否要下樓、到幾樓，進了電梯幫忙按樓層按鈕。結果對方出電梯時突然問了一句：「去哪？要不要順路送你？」

後來在這趟順風車上得知對方是楊基寬，他把他在會場收拾桌椅的一舉一動都看在眼底，欣賞他的性格，直接邀請他加入104，後續成就了黃至堯成爲人力資源市場的專家。

黃至堯說，當你能夠順利地度過一天，別忘了感謝自己，和那些幫助你順利度過一天的人。「唯有當我們懂得感恩，我們才會珍惜自己所擁有的一切，懂得去欣賞、感謝別人爲我們所做的一切，讓我們在待人接物方面能夠以禮相待。」

(3) 學識廣博，說話內容多元化：當自己能夠表現出廣博的學識，便可以輕易讓人感覺到你是個「有趣」的人，讓別人願意接近。所以除了要在自己的專業範疇不斷努力學習外，閒時不妨多閱讀不同類型的書籍，爲自己尋找和累積不同的話題與常識。切記除了知識與常識，也要保持謙虛的態度，願意不斷學習。

(4) 情商高：改變別人不是一件簡單的事，結果也不太受控，但透過掌握、調節自己的思考與行動，來影響別人對我們的感受與磁場，卻是可以控制與實踐的。「現在開始就讓我們來當自己的『貴人』，爲自己創造一些意想不到的收穫。」[27]

總而言之，職場上雖不乏利益相爭、爾虞我詐，但在負重前行的路

[27] https://zh.14alex.com/blogs/post/20160503_3

上，總要保有人性裡的良知與自我核心價值，但行好事，才能走得幸福長遠。培養積極的人際關係，與能夠傾聽、理解和支持你的人保持良好的溝通和互動，但同時，也要學會設定健康的界限，避免與消極有害的人際關係糾纏不休，自我內耗。

想要擁有良好的人際關係，是一門值得花心思累積經驗的學習過程，在這個過程中等於也是不斷地認識、整合與經營自我。人與人交往其實就是情感能量的流動與互換，如果在一段關係裡不斷內耗，就很難和別人建立起好的人際關係；好的人際關係是彼此要懂得正面反饋和經營的，在能量互動中彼此影響，才能提高情緒價值，就更有往下走，相互合作的力量。

學習在人際交流中拿捏得宜，有時謙虛低調，懂得「藏拙」；有時在重要時刻爭取表現，往往在天時、地利、人和的狀況下，就能化「拙」為「巧」，心想事成。在待人處世上，要知道多言必失，不要道人長短，自找麻煩；得饒人處且饒人，給別人一個臺階，就是讓自己的善良為未來鋪路；不矯揉造作，也不要裝腔作勢，眞心實意、開誠布公；不要錙銖必較、爭長論短，吃眼前的虧，也許會有日後的收穫；此外，更要懂得感恩與讚美，彼此都會感到愉悅，有助人際的融洽交流。

【問題與討論】

多次獲得艾美獎提名的美國女演員艾米波勒是《週六夜現場》（Saturday Night Live）的班底之一。她在二〇一一年受邀至哈佛大學演說時說：「身為一個人，我體悟到人類絕對無法一個人在世上生活，當你必須一個人度過餘生時，請對合作保持著開放的態度，有時別人的意見和想法，往往比自己鑽牛角尖來得更好。找到一群挑戰你、激勵你的人，花時間和他們在一起，這會改變你的生活，就像沒有人可以不受任何人的幫助，就站在這個演講臺上。」臺灣著名的出版者何飛鵬也說過：「完成工作不是只能靠頭銜與權力，也能運用能力、創意、溝通、人緣來完成工作，其中又以人緣最為重要，人緣會使人真心誠意的幫助我們。」

「合作」是擁有好人緣的重要關鍵，也是職場存在的目的，請舉例目前為止你最驕傲的一次團隊合作的經驗。

【延伸閱讀】

王國華：《做人放下身段，做事不擇手段：做人和氣，做事充滿霸氣的60種人性算術》，臺北：種籽文化事業有限公司時報出版社，二〇二〇年十月。

安藤美冬著，林美琪譯：《離線練習：每個月關掉手機一次，就能改變人生》，臺北：幸福文化出版，二〇二二年五月。
艾瑞克·伯恩著，周司麗譯：《人生腳本：你打算如何度過一生？徹底改變命運的人際溝通心理學》，臺北：小樹文化出版社，二〇二二年三月。
林萃芬：《從說話洞察人心：摸透對方心理，把話說得恰到好處，輕鬆駕馭人際關係》，臺北：時報出版，二〇二二年四月。
法蘭·豪瑟著，吳孟穎譯：《柔韌：善良非軟弱，堅強非霸道，成為職場中溫柔且堅定的存在》，臺北：時報出版社，二〇一九年十二月。
金浩然著，陳品芳譯：《不便利的便利店》，臺北：寂寞出版社，二〇二二年九月。
金浩然著，陳品芳譯：《不便利的便利店2》，臺北：寂寞出版社，二〇二三年五月。
國武大紀：《打造自己的好口碑：讓你到哪都深獲肯定的35個小訣竅》，臺北：臺灣東販股份有限公司，二〇一七年十一月。
莉爾·朗茲（Leil Lowndes）：《遇誰都能聊得開》，上海：上海社會科學院出版社，二〇一六年八月。
賀斐：《你認識誰，決定你是誰？人脈經營黃金法則》，臺北：菁品文化事業公司，二〇二〇年四月。
劉軒：《能自處，也能跟別人好好相處：成熟大人該有的33個心理習慣》，臺北：天下文化，二〇一九年一月。
戴爾·卡內基著，羅淑慧譯：《超譯卡內基：溝通與人際關係的181則箴言》，臺北：遠流出版社，二〇二〇年八月。
韓立儀：《夢想開始的二十二堂課：卡內基的不難湯成功學，帶你築夢踏實》，臺北：崧燁文化事業有限公司，二〇二〇年八月。

參考書目

Dawna Walter：《生活管理NEWLEAF NEWLIFE》，香港：三聯出版，二〇〇三年五月

ほっしー著，郭菀琪譯：《我們都有小憂鬱：運用療鬱象限圖的33種情緒解方，化解莫名的疲憊和心情鬱悶》，臺北：時報出版社，二〇一九年十一月。

三浦將著，孫蓉萍譯：《黃金好習慣，一個就夠：日本心理教練的習慣養成術》，臺北：今周刊出版社，二〇二〇年九月。

史蒂芬妮・艾茲蕊著，洪慧芳譯：《啟動你的韌性開關：十二道練習給情緒正能量，讓內在更強大》，臺北：馬可孛羅出版社，二〇二二年三月。

伊蓮・福克斯著，王瑞徽譯：《心適力：變動不安的年代，最重要的生存素養》（Switchcraft: Harnessing the Power of Mental Agility to Transform Your Life），臺北：平安文化出版社，二〇二三年二月。

安德烈・莫洛亞：《人生五大問題：法國傳記文學大師剖析愛情、教養、友情、社會與幸福的奧祕》，臺北：時報出版，二〇二一年十二月。

安藤美冬著，林美琪譯：《離線練習：每個月關掉手機一次，就能改變人

生》，臺北：幸福文化出版，二〇二二年五月。
李文勇：《不會表達，你的努力一文不值：33個精準、高效、重溝通的工作法則，讓你的用心和成效，百分百被看見》，臺北：幸福文化出版社，二〇二一年十一月。
林志玲：《剛剛好的優雅》，臺北：遠流出版社，二〇二二年五月。
林博：《你的傷口，不是你的錯：擺脫家庭情緒勒索及控制，重新療癒自我》，新北：出色文化，二〇二二年一月。
林萃芬：《從說話洞察人心：摸透對方心理，把話說得恰到好處，輕鬆駕馭人際關係》，臺北：時報出版，二〇二二年四月。
法蘭・豪瑟著，吳孟穎譯：《柔韌：善良非軟弱，堅強非霸道，成為職場中溫柔且堅定的存在》，臺北：時報出版社，二〇一九年十二月。
哈爾・埃爾羅德：《早起的奇跡》，廣東：廣東人民出版社，二〇一八年一月。
洛桑加參：《快樂醫學：藏傳身心靈預防醫學書》，臺北：時報出版社，二〇二一年十月。
胡文宏、劉燁：《領低薪，是因為你不夠用心：帕雷托法則×鯰魚效應×AIDMA定律……職場八大守則，你做對了哪些？》，臺北：財經錢線文化有限公司，二〇二二年十月。
唐玉書：《誰說我的狼性，不能帶點娘?!職場生存剛柔並濟的27個善良心智力量》，臺北：時報出版，二〇二三年三月。
高原：《為何我們總是想得太多，卻做得太少：擊敗拖延、惰性、完美主義，讓行動力翻倍的高效習慣法則》，臺北：發光體出版社，二〇二〇年三月。

堀公俊：《職場必備技能圖鑑：能力UP！薪水UP！一生都受用的50項關鍵工作術》，臺北：臺灣東販，二〇二二年三月。

張忘形：《順勢溝通：一句話說到心坎裡!不消耗情緒，掌握優勢的39個對話練習》，臺北：遠流出版，二〇二二年二月。

張曉文：《因為愛情太感性，所以需要戀愛心理學：愛情三角形×演化心理學×依附理論，戀愛其實是一種理性的衝動》，臺北：崧燁文化，二〇二二年七月。

理查．譚普勒（Richard Templar）著，李曉暉譯：《人際的法則：一點就通，連難相處的人都可以應對》(The Rules of People: A personal code for getting the best from everyone)，臺北：日出出版社，二〇二一年八月。

莉爾．朗茲（Leil Lowndes）：《遇誰都能聊得開》，上海：上海社會科學院出版社，二〇一六年八月。

程威銓（海苔熊）：《對愛，一直以來你都想錯了：學會愛自己，也能安然去愛的24堂愛情心理學》，臺北：三采出版，二〇二一年四月。

華特．艾薩克森（Walter Isaacson）：《賈伯斯傳》，臺北：天下遠見出版社，二〇一一年十月。

楊自強：《古人教你混職場：諸葛亮如何規劃「就職三部曲」？蘇東坡怎麼和同事婉轉say no？30則古代一哥的智慧絕活，帶你輕鬆走跳江湖！》，臺北：麥田出版，二〇二一年三月。

萬特特：《這世界很好，但你也不差》，臺北：幸福文化出版社，二〇二二年二月。

維克斯．金：《內在療癒原力：十三個自我療癒創傷的技巧，擺脱情緒動盪，實現內心自由》，新北：大樹林出版，二〇二二年七月。

劉潤：《5分鐘商學院個人篇：人人都是自己的CEO》，臺北：寶鼎出版社，二〇一八年五月。

稻盛和夫著，彭南儀譯：《工作的方法：了解工作的本質，實踐自我，從平凡變非凡的成長方程式》，臺北：天下雜誌出版社，二〇二二年七月。

鄭智荷：《6區塊黃金比例時間分配法：三步驟「視覺化」時間價值，正事不荒廢更有小確幸，活出自己想要的人生》，臺北：方言文化出版社，二〇二二年十月。

橫川裕之：《7週圓夢筆記》，臺北：方智出版社，二〇二三年一月。

戴爾．卡內基著，羅淑慧譯：《超譯卡內基：溝通與人際關係的181則箴言》，臺北：遠流出版社，二〇二〇年八月。

蘇絢慧：《慣性討好：不再無底限迎合，找回關係自主權的18堂課》，臺北：三采文化出版社，二〇二一年十二月。

Note

Note

國家圖書館出版品預行編目資料

文學裡的人生管理／陳碧月著．——初版．——臺北市：五南圖書出版股份有限公司，2024.05

面；　公分

ISBN 978-626-366-993-2（平裝）

1.文學與人生

810.72　　113000428

1XHN

文學裡的人生管理

作　　者— 陳碧月

發 行 人— 楊榮川

總 經 理— 楊士清

總 編 輯— 楊秀麗

副總編輯— 黃惠娟

責任編輯— 魯曉玟

封面設計— 封怡彤

出 版 者— 五南圖書出版股份有限公司

地　　址：106台北市大安區和平東路二段339號4樓

電　　話：(02)2705-5066　　傳　　真：(02)2706-6100

網　　址：https://www.wunan.com.tw

電子郵件：wunan@wunan.com.tw

劃撥帳號：01068953

戶　　名：五南圖書出版股份有限公司

法律顧問　林勝安律師

出版日期　2024年5月初版一刷

定　　價　新臺幣300元

五南
WU-NAN
全新官方臉書
五南讀書趣
WUNAN
Books
since1966
Facebook 按讚
1 秒變文青
★ 專業實用有趣
★ 搶先書籍開箱
★ 獨家優惠好康
不定期舉辦抽獎
贈書活動喔！！！
五南讀書趣 Wunan Books